조그만 별 하나가
잠들지 않아서

조그만 별 하나가 잠들지 않아서

'살롱 드 까뮤' 11인의 엄마가 들려주는 미술 에세이

초 판 1쇄 2024년 12월 10일

지은이 김경애, 김경진, 김상래, 김현정, 김혜정, 료료, 박숙현, 유승희, 이지연, 장영지, 전애희
펴낸이 류종렬

펴낸곳 미다스북스
본부장 임종익
편집장 이다경, 김가영
디자인 임인영, 윤가희
책임진행 안채원, 이예나, 김요섭, 김은진, 장민주

등록 2001년 3월 21일 제2001-000040호
주소 서울시 마포구 양화로 133 서교타워 711호
전화 02) 322-7802~3
팩스 02) 6007-1845
블로그 http://blog.naver.com/midasbooks
전자주소 midasbooks@hanmail.net
페이스북 https://www.facebook.com/midasbooks425
인스타그램 https://www.instagram.com/midasbooks

ISBN 979-11-6910-963-5 03810

값 20,000원

미다스북스는 다음세대에게 필요한 지혜와 교양을 생각합니다.

'살롱 드 까뮤' 11인의 엄마가 들려주는 미술 에세이

조그만 별 하나가
잠들지 않아서

김경애 | 김경진 | 김상래 | 김현정 | 김혜정 | 료료
박숙현 | 유승희 | 이지연 | 장영지 | 전애희

미다스북스

프로필   11

프롤로그 – 엄마로 살아가는 당신에게   15

1관 — 시작하고 싶은 날

1 실

펠릭스 발로통: 비로소 다시

매일의 선셋_김상래   23

낯설어도 괜찮아_김현정   27

삶의 기쁨_박숙현   32

한 줄기 희망이 물들기를_장영지   36

시간 여행_전애희   41

독자 코너: 그림 한 폭, 감상 한 장   46

2 실

라몬 카사스: 나의 출발점

나를 위한 따뜻함_김경애   49

번아웃_김상래   53

방전된 배터리_김혜정   58

멍 때릴 수 있는 자유_료료   63

무대 아래에서 받은 응원_유승희   67

독자 코너: 그림 한 폭, 감상 한 장   71

2관 — 사랑하고 싶은 날

휴 골드윈 리비에르: 애틋한 당신

소울메이트_김상래   77

그가 바라본 그녀의 얼굴_료료   81

사랑의 색 그리고 시간_박숙현   86

그대와 함께 걷는 길_이지연   90

사랑이 머무르는 곳_전애희   94

독자 코너: 그림 한 폭, 감상 한 장   99

칼 블로흐: 섬세한 두드림

아빠, 그 안에 있어요?_김상래   103

어부 아내로의 삶을 상상하며_김혜정   108

마음의 창_박숙현   112

너에게 가는 길_이지연   116

너를 닮은 색_장영지   120

독자 코너: 그림 한 폭, 감상 한 장   124

3관 — 가족의 소중함을 느끼는 날

칼 라르손: 가정이라는 울타리

사회라는 유기체_김경애   129

바느질과 여자_김경진   133

한 땀 한 땀 짓는 행복_김현정   138

우리 엄마_유승희   143

독자 코너: 그림 한 폭, 감상 한 장   147

한나 파울리: 일상의 풍경

밥상, 그 감사함에 대하여_김현정   151

일상, 단순한 행복_김혜정   156

사랑의 식사 시간_유승희   160

그대들을 위한 만찬_이지연   164

독자 코너: 그림 한 폭, 감상 한 장   168

4관 — 나를 만나는 날

윌리엄 오펜: 피어오르는 영혼

소망_김경애	173
기·승·전·결 엄마_김경진	177
자유롭지 못한 몸_김혜정	181
나를 찾는 시간_박숙현	186
독자 코너: 그림 한 폭, 감상 한 장	190

오귀스트 로댕: 나로 새기다

문, 문, 문_김경진	193
그들이 나에게 알려 줬더라면_료료	198
나, 자신을 잊지 말아요_유승희	203
깎다가 마주한 조각_전애희	206
독자 코너: 그림 한 폭, 감상 한 장	211

5관 — 엄마로 살아가는 날

1실

요하네스 페르메이르: 빛나는 순간

무지개_김경애   217

나를 부수고 나아가라_이지연   221

진주 귀걸이 소녀는 엄마가 된다_장영지   225

N 번째 진주_전애희   229

독자 코너: 그림 한 폭, 감상 한 장   234

2실

김환기: 우리의 우주

소우주, 넷이산방_김경진   237

이삿날 - 어제와 내일이 만나는 날_김현정   241

온점의 부메랑_료료   246

나의 가족, 온 우주의 승리_장영지   251

독자 코너: 그림 한 폭, 감상 한 장   255

김상래   융합예술 연구센터 '아뜰리에 드 까뮤' 대표로 인문·예술 커뮤니티 '살
롱 드 까뮤'를 운영하고 있다. 미술관 도슨트와 문화예술강사를 거쳐
여러 기관과 박물관, 도서관에서 유아부터 시니어까지 예술로 소통을
이어 가고 있다. 초등학교에서 '창의융합예술' 교육을 연구·진행하고
있다. 궁극적으로 문화·예술로 가득한 환경을 만들기 위해 하루를 알
차게 살아 내고 있다. 저서로『실은, 엄마도 꿈이 있었어』,『나의 시간
을 안아주고 싶어서』(공저)가 있다.

김경애   중고등학생 사춘기 자녀를 둔, 두 아이의 엄마로 아이들의 정신적 지주
가 되고 싶은 꿈을 가지고 나만의 세계를 넓혀나가고 있다. 요양원과
주야간보호센터에서 시니어 강사로 활동한다. 여러 곳에서 미술심리
상담사, 이미지메이킹 강사로 활동하며 브런치 작가로 글을 쓰고 있다.

김경진   문화예술컨텐츠 제작소 '길을 만드는 사람들' 대표·PD이다. 북콘서트,

살롱클래식콘서트, 인문학세계여행, 인문학콘서트 기획 및 연출자로 문화와 예술이 살아 있는 공간을 만들기 위해 노력 중이다. 브런치 작가로 글 쓰고 있다.

김현정 제법 긴 시간 경제·경영 서적을 번역해 왔다. 책을 좋아해 공부도 내팽개치고 독서에 빠져 살던 학창 시절, 한 여성의 인생 여정을 그린 소설 『조개줍는 아이들』을 읽고 번역가의 꿈을 키웠다. 책이 좋아서 마흔 권이 넘는 책을 번역하고 나니, 이제 내 글도 쓸 수 있겠다는 용기가 생긴다. 쓰는 사람으로 살고 싶은 마음과 예술을 향한 관심을 날실과 씨실처럼 엮어 브런치, 오마이뉴스, 블로그 등에 예술에 관한 글을 쓴다. 오래오래 글 쓰는 사람으로 살고 싶다.

김혜정 엄마 레시피 코팽(@momrecipe_copain) 대표이다. 우리나라 식·음료, 서양요리와 디저트 및 빵을 만든다. 두 딸을 키우고 있는 엄마로 그중 작은 아이와 같은 일을 하며 많은 것을 공유 중이다. 30대의 마지막에 위암 진단을 받았다. 병을 이기기 위해 식단 관리하고 운동하며 암을 이겨냈다. 그때 시작한 운동을 현재까지 유지하는 중이다. 미술 에세이로 브런치 작가가 되었다. 그림을 보고 나의 이야기를 써 내려가는 일을 하며 나를 알아가고 있다.

료료 글, 도서관, 미술관에 스며들어 살고 있다. 다양한 문화에 관심이 많다. 예술에 대한 욕구가 차오르는 시기를 보내고 있다. 질주하는 본능은 태어났을 때부터 가진 적이 없다. 앞으로도 그럴 생각인 것 같다. 그렇게 멍 때리기를 반복하다가 얻어걸리며 살고 싶다.

박숙현 치유 공간 '슈필라움'의 대표이자, SUE라는 이름으로 활동하는 치유 작가이다. 대학에서 동양미술사와 한국화를 가르쳤으며, 현재는 심리학과 예술 인문학을 주제로 한 독서 모임을 운영하며 예술의 치유적 힘을 탐구하고 있다. 예술이 내 삶에 위로가 되었듯, 타인의 삶도 치유되기를 바라며 그림을 그리고 글을 쓴다. 브런치 작가로도 활동하며, 예술과 치유를 주제로 한 미술 에세이를 집필 중이다.

유승희 예술을 사랑하고 여러 언어를 공부하고 있는 영어교육 강연가이자 영어교육자이다. 대학교, 대형 어학원을 거쳐 개인, 그룹으로 16년째 강의를 이어 오고 있다. 영어에 관심 있는 부모를 위해 '부모 교육', '영어 및 다국어를 포기하지 않고 배우는 방법', '영어 동기부여' 등을 주제로 강연한다. 브런치 작가로 활동 중이며, 개인 에세이와 영어 교육에 대한 서적을 계획 중이다.

이지연 아들 쌍둥이를 씩씩하게 홀로 키우고 있는 엄마이다. 초. 중등 아이들에게 영어와 미디어를 가르치는 일을 하고 있다. 수원 공동체 라디오 Sone FM에서 '그녀들의 세상 사는 이야기' DJ를 하고 있다. 브런치 작가로 글을 쓰고 있으며, 그림 감상과 글쓰기를 통해 삶을 통찰하는 시간을 가지려고 노력 중이다.

장영지   사랑하는 아이와 미술관을 다니며 행복을 담아내는 엄마이다. 미술관에서 작가의 작품을 관람객에게 안내하는 도슨트이고, 학교로 찾아가는 미술관 전시와 함께 학생들을 만나며 전시 연계 교육을 개발하는 에듀케이터이다. 그림을 보는 관람객의 세상을 확장하고자 한다. 국립 현대 미술관의 자문단으로 활동하며 국내외 미술관, 갤러리를 다니며 지속 가능한 전시를 위한 아이디어를 제안하고 있다. 그림을 통해 새로운 세상을 꿈꾸고, 그 꿈을 이루어 가길 응원한다.

전애희   두 아이와 함께 성장하며, '뚤레뚤레' 새로운 모험을 시작했다. 세상에 나오니 선생님, 엄마 이외 생각지도 못한 수식어들이 생겼다. 14년간 쌓아온 유아교육 경험을 바탕으로 유·아동 예술교육가(수원문화재단), 도서관 문화강사(창의융합독서), 청개구리 스펙 문화·예술강사(수원시 초등학교), 도슨트(경기도 미술관, 수원시립미술관), 브런치 작가로 활동 중이다. 결국은 내 안에 있는 것들을 누군가와 나누는 일이다. '예술'이라는 흐르는 강에 놀러 온 모든 분과 소통하며 다 함께 드넓은 바다를 향해 나아가고 싶다.

엄마로 살아가는 당신에게

밤하늘에 빛나는 조그만 별 하나. 엄마는 아이의 성장을 보며 자신이 누구였는지 생각하게 됩니다. 그 시간은 때로는 고요하고 평화롭지만, 또 다른 한편으로는 마음 한구석에 구멍이 난 것 같기도 합니다. 바쁜 하루 속에서 어느새 잊고 있던 나의 존재, 내가 무엇을 좋아했는지, 내가 무엇을 꿈꾸었는지, 멀어져 갔던 나의 자아가 고요한 시간에 문득 얼굴을 내밉니다. 엄마가 된다는 것은 마치 끊임없이 흘러가는 강물 속에 몸을 맡기는 것과 같습니다. 하루하루가 지나가고, 우리는 물결에 따라 흘러가며 살아가죠.

그러던 어느 날, 한 장의 그림과 마주합니다. 가만히 들여다보고 있자니 마음 안에서 어떤 말이 피어오릅니다. 커다란 항아리 그림에 요즘 들어 텅 빈 것 같은 마음이 담기고, 두 남녀의 그림 속에서 연애 시절의 모습을 발견합니다. 우주같이 드넓은 그림 앞에선 소중한 아이가 인생의 우주 같기도 해서 먹먹해지기도 하죠. 소파 위에 누운 여인의 그림에선 힘들었던 어

느 시절이 떠오르기도 합니다. 그렇게 그림을 통해 자기 안의 마음과 마주
합니다. 그런 마음들은 기록하지 않으면 쉬이 휘발되어 버리기 마련이죠.
글을 쓰는 사람은 하루 속에서 수도 없이 많은 행운과 행복을 찾아냅니다.
이 책은 그렇게 그림을 보고 글을 쓰며 자신을 찾아가고 있는 '살롱 드 까
뮤' 11인 엄마들의 이야기입니다. 자기 안에 꼭꼭 숨겨두고 밖으로 꺼내기
힘들었던 자신의 날들을 더듬어 가며 희미하게나마 찾아간 흔적을 적어 내
려간 책입니다.

　그림에는 답이 없습니다. 우리는 미술관에서 또는 미술책에서 작품을 만
나면 작가가 의도한 답을 찾으려고만 합니다. 모두의 인생이 다른 것처럼,
같은 그림을 보더라도 지금의 상황과 심정에 따라 각기 다른 글을 쓰게 됩
니다. 그림을 감상하는 것에 답이 없듯 글쓰기 역시 답이 없죠. 어떤 시절
을 보내왔고, 지금은 인생의 어느 지점에 있는지, 어디로 가고 싶은지 알고
싶을 때 글쓰기는 인생의 길라잡이가 되어 줍니다. 글을 쓰면 자기 안에 숨
겨진 작은 불씨처럼 타오르는 꿈을 다시 발견할 수 있습니다. 그림 안의 점
과 여러 색, 그리고 형태들이 내면을 깨우기 시작한다는 걸 느낍니다. 그림
은 내면의 이야기를 들려주는 창이자, 자신을 돌아보게 하는 거울이 됩니
다. 글로 쓰기 전에 나를 찾아주는 열쇠가 됩니다. 그림 안에서 잃어버렸던
자신의 꿈과 감정을 다시 찾을 수 있다면, 그것을 글로 써서 인생이 더욱
풍요로워질 수 있다면 얼마나 좋을까요. 그림을 보고 글을 쓰는 일은 어둠

이 내려앉은 방안의 스위치를 천천히 켜는 것처럼, 자기 삶이 서서히 밝혀지는 것과 같습니다.

이 책은 기존에 알고 있던 미술 에세이와 다릅니다. 엄마 대부분이 글을 배워본 적도 써본 적도 없이 아이를 키우며 그림을 보고, 그 안에서 자신을 발견하며, 자신의 꿈을 다시 한번 따라가기로 결심하는 여정이 담긴 책입니다. 이 책을 기획하고 쓰게 된 배경이기도 하죠. 엄마들 모두 그런 여정을 나누기 위해 한 해의 절반 이상을 함께했습니다. 그림을 보고 글을 쓰는 그 시간 속에서, 각자의 꿈을 되살리고, 자신을 다시 찾는 과정을 그려나가고 싶었습니다. 그림 한 장이 인생을 잠시 멈추어 서서 돌아보게 만들고 인생의 작은 빛이 되어 주길 바랐습니다.

프랑스에는 아페리티프(프랑스어: apéritif)가 있습니다. '식전주'라는 뜻으로 식사 전에 식욕을 돋우기 위해 마시는 술을 뜻하죠. 이는 고대 로마인들이 식사 전, 꿀을 가미한 달콤한 포도주를 한잔 마시는 습관에서 시작되었는데요. 어원 자체가 몸 안의 모든 독소를 제거해 피부의 '문을 열다.'라는 의미의 아페리레(라틴어: aperire)에서 왔죠. 이 책『조그만 별 하나가 잠들지 않아서』가 엄마들의 내면으로 향하는 '식전주'가 되기를 희망합니다. 자신의 꿈을 향해 나아가는데 이 책이 작은 불씨가 되기를 기원합니다. 그림을 보고 글 쓰는 삶을 통해 엄마인 당신도 아이와 함께 성장하길 바랍니다. 당신의 조그만 별 하나가 잠들지 않고 반짝이고 있으니까요.

살롱 드 까뮤 대표

미술 에세이 동반자

김상래

1관

시작하고 싶은 날

펠릭스 발로통
: 비로소 다시

펠릭스 발로통(Félix Vallotton 1865-1925)
<오렌지와 보랏빛의 하늘, 그레이스에서의 노을(Sunset At Grace, Orange And Violet Sky)> 54×73, 1918

나는 깨어났다. 정말 깨어났다.
나는 오늘 비로소 다시 태어났다.

_『싯다르타』, 헤르만 헤세

매일의 선셋
_김상래

선셋에 관한 생각

일몰과 일출은 언제나 존재한다. 삶은 어제와 다르지 않은 오늘의 연속이다. 가만히 들여다보면 그런 평범한 날 속에 특별한 선셋이 숨어 있다. 펠릭스 발로통의 그림은 내 눈을 원시적으로 물들인다. 여행을 가면 되도록 새벽에 일어나 떠오르는 해를 보려고 한다. 하나의 의식으로 자리 잡은 여행 중의 새벽 산책은 게으른 몸을 일으켜 세우고 닫힌 생각들을 열게 만든다. 바닷가의 새벽은 세상의 틀에 맞춰진 내 의식을 깨우고 주홍빛과 보랏빛, 블루그린 색을 사방에 퍼트린다. 그곳에서 나는 우주의 온기를 느낀다. 바다가 품고, 하늘이 안아 주며 주변의 나무가 나를 감싼다. 홀로 있어도 혼자가 아니다. 이따금 바닷바람이 나를 스칠 때면 두 눈을 꼬옥 감고 내게 기꺼이 내어 주는 그 온기를 느끼곤 한다.

남편과 내가 바빠지고부터는 여행하는 일이 어려워졌다. 그렇다고 여행

가는 사람을 부러워하거나 여행 가지 못한 우리의 상황을 불행하다고 생각지 않는다. 강연 가는 길에 만나는 주변 풍경이 나를 여행자로 만든다. 천천히 걸으며 계절의 변화를 온전히 느끼진 못하지만, 차창 밖으로 계절을 벗고 입는 나무를 통해 '오늘도 여행 가는구나!' 생각한다. 남편과 연애하던 시절엔, 어디 멀리 가는 게 아니면서도 늘 여행하는 기분으로 지낼 수 있었다. 어떤 조건도 없이 사랑 하나만으로 시작한 연애였기에 함께 하는 모든 시간이 여행이었다. 지금의 이 여정 또한 우리가 따로 또 같이 만드는 여행 중 하나라고 생각한다.

해돋이

사람들은 신년이 되면 해를 보러 떠난다. 어제도 있었고 그제도 존재하던 해를 오늘은 조금 더 특별한 곳에서 보겠노라고 집을 나선다. 그곳에서 만난 해는 우리 집 창밖의 해와 다르지 않다. 그럼에도 해를 찾아가는 건 모두 새 마음을 갖고 싶기 때문일 것이다. 예술가들은 자연에 나타난 형태를 빌어 자신의 마음 상태를 작품으로 표현한다. 펠릭스 발로통의 작품을 보며 내 마음의 상태를 적어 간다. 이른 아침의 만물은 좋은 것을 담고 있다. 그 좋은 걸 찾아 신년이면 해를 보러 떠나는 사람들이 늘고 있다. 최근의 나는 해를 찾아 떠나지 않게 되었다. 특별한 순간은 오늘 안에도 수없이 많다는 걸 글을 쓰며 알게 되었다. 좋은 것을 담은 해는 우리 집 거실 창으로도 충분히 만날 수 있다. 그래서 더는 특별한 순간을 찾아, 더 큰 해를 찾아 떠나지 않게 되었다. 일상의 순간은 기록하는 즉시 특별함으로 남는다. 중요한 것은 오늘 나를 스치고 지나는 일상에서 기억하고 싶은 걸 찾아 기록하는 일이다. 지금의 난 저곳보다 이곳에 더 큰 해를 품고 있다.

완성의 시간

새벽의 해를 보고 있자면 나는 어떤 사람이 되고 싶은가를 생각하게 된다. 네덜란드 출신 빛의 화가 렘브란트는 자화상만 100점 넘게 그렸다. 독일의 여성 화가 케테 콜비츠 역시 평생에 걸쳐 일기를 썼고, 끊임없이 자화상을 그렸다. 새벽은 치열한 자기 성찰의 시간이다. 렘브란트처럼 나의 자화상만을 남길 것인지 케테 콜비츠처럼 타인의 고통에 함께 공감하고 연민하는 사람의 모습으로 살아갈 것인지에 대해 떠오르는 해를 보며 나를 돌아보게 된다. 인간의 마지막 순간은 여자도 남자도 아닌 한 인간으로 완성된다고 한다. 결국 인간은 그 순간을 알아차리기 위해 평생을 살아가는 것 아닐까.

펠릭스 발로통의 그림처럼 색이 분명한 날들의 내가 있었다. 선명한 나여야 만족스러운 시절이 있었다. 그래야 나라고 느끼던 순간이 있었다. 시간이 흐를수록 선명한 것보다 있는 듯 없는 듯 스미듯 자연스러운 것들에 더 애정이 간다. 확실하게 각인될 타지에서의 일출보다 어제와 오늘 만났던 내 집에서 떠오르는 해에 충만함을 느낀다. 글을 쓰기 시작하면서 주어진 일상이 더 이상 심심하지 않게 되었다. 어쩌면 그 심심함에 이유가 생긴 것인지도 모르겠다. 그림을 들여다보면서 내 안의 생각들을 가만히 뒤적인다. 한 인간으로 완성되어 가는 여정에 글과 그림을 만나 안정을 찾게 된 셈이다. 떠오르는 새로운 해를 찾아 굳이 멀리 떠나지 않게 되었다. 펠릭스 발로통의 작품을 통해 내 안의 다행을 들여다본다.

색채는 건반, 눈은 공이,[1] 영혼은 현이 있는 피아노이다. 예술가는 영혼의 울림을 만들어 내기 위해 건반 하나하나를 누르는 손이다.

– 칸딘스키

---

[1] 절구나 방아확에 든 물건을 찧거나 빻는 기구. 탄환의 뇌관을 쳐 폭발하게 하는 송곳 모양의 총포의 한 부분. 격침(擊針)이라고도 한다.

낯설어도 괜찮아

_김현정

낯선 도시

10여 년 전, 낯선 도시의 저녁 하늘은 종종 아들을 울렸다. 우리 세 식구가 이사했을 때만 해도 세종은 신기루 같은 도시였다. 왕복 6차선 도로의 한쪽 끝에는 거대한 정부청사가, 반대쪽 끝에는 갓 지어진 아파트 단지가 덩그러니 자리 잡고 있었다. 아파트에서 나와 정부 청사로 가는 길은 삭막했다. 도로 양옆은 처음부터 끝까지 온통 철제 가림막으로 둘러싸여 있었다. 건설 노동자들은 높고 튼튼한 가림막 뒤에서 도시 건설에 여념이 없었다. 그래서인지 아파트 단지 안은 주민들로 북적였지만 아파트 단지 밖에서는 좀처럼 사람을 볼 수 없었다. 사람들은 모두 아파트나 정부청사 안, 아니면 가림막 뒤에 있는 모양이었다. 멀리서 보면 도시 같지만 가까이 다가가면 아무것도 없는 허상에 불과한 그런 신기루에서 살아가는 기분이었다.

당시의 세종은 사람이 없어 외로운 곳이었다. 기본적인 인프라도 갖춰지지 않은 황량한 곳이기도 했다. 병원이나 식당은커녕 제대로 된 슈퍼마켓조차 없는 도시. 그곳에서 일상을 꾸리는 것은 녹록지 않았다. 늘 일주일치의 삶을 미리 계획해야만 했다. 주말이면 이웃 도시의 마트를 방문해 필요한 물품을 사두곤 했다. 하지만 예상치 못한 일이 터지기 일쑤였다. 아들이 다니는 어린이집에서 뜻밖의 준비물을 요청하는 일도 있었고, 파스타면이나 국수가 떨어진 줄 모르고 있다가 뒤늦게 장을 보러 가기도 했다. 하루 만에 오는 택배나 음식 배달 같은 건 감히 꿈도 꿀 수 없는 호사였다. 급하게 필요한 물건이 생기면 차를 몰고 인근 도시로 달릴 수밖에 없었다.

낯선 하늘

가는 길은 괜찮았다. 도시라고 부르는 게 민망할 정도로 작은 동네였던 세종을 벗어나는 것만으로도 아들은 즐거워했다. 도시의 모양새를 제대로 갖춘 대전이나 청주, 천안에 가면 볼거리도 많고 맛있는 음식을 파는 가게도 있다는 걸 어린 아들도 잘 알았다. 기대와 설렘이 있어서인지 아이는 가는 내내 기분 좋게 웃으며 재잘재잘 떠들어 댔다. 이웃 도시로 떠나는 건 내게도 설레는 일이었다. 세종과 대전을 잇는 텅 빈 자동차 전용 도로를 달리면 국경을 넘어 옆 나라로 장을 보러 가는 기분에 마음이 달뜨곤 했다.

문제는 항상 집으로 돌아오는 길이었다. 중천까지 솟았던 해가 땅으로 내려와 하늘이 분홍빛으로 물들기 시작하면 아들은 슬퍼했다. 대전에서 세종으로 길게 이어진 도로를 달려 집으로 돌아올 때쯤이면 하늘이 푸른빛에서 분홍빛으로, 분홍빛에서 보랏빛으로 변하곤 했다. 해 질 녘의 하늘이 시시각각 변하는 모습을 지켜보며 아들은 눈물을 지었다. 분홍색 티셔츠는 유달리 좋아하면서 분홍빛 하늘은 유독 싫어하는 이유가 궁금했다. 왜냐고 묻는 내게 아들은 슬픈 목소리로 답했다. "하늘이 분홍빛이 되면 왠지 모르지만 외롭고 무서워요." '우리'라고 부를 만한 사람이 딱 셋뿐이었던 나날. 아빠마저 자정이 지나서야 집에 들어오는 날이 계속되자 아들은 드넓은 우주에 엄마와 단둘만 남겨진 아이처럼 서러워했다.

작별의 낙조

외롭고 적막한 삶은 금세 끝났다. 노을로 물든 저녁 하늘마저 낯설게 만들었던 아이의 쓸쓸함도 함께 사라졌다. 셋이었던 우리 가족은 넷이 됐고, 세종은 영화관과 프랜차이즈 서점, 종합 병원, 대형 마트 등 웬만한 건 다 있는 번듯한 도시로 변신했다. 번화가라고 할 만한 거리도 생겨 이제는 어디에서나 쉽게 사람도 볼 수 있다. 세종에서 만난 이웃들은 밤이 늦도록 함께 웃고 가끔은 여행도 같이 가는 친구가 됐다. 세종에서 맺은 귀한 인연 덕에 우리 가족은 지난 10년 동안 한없이 풍요로운 삶을 누렸다. 이제 우리는 다시 낯선 곳으로 떠나야 한다. 사실 세종으로 이사하기 전에 살았던 곳으로 돌아가는 것이니 엄밀히 따지면 '낯선 곳'이라는 표현은 옳지 않다. 하지만 오래전에 그 동네에서 정을 나눴던 지인들도 이제는 그곳에 없다. 한

때는 수없이 거닐었던 동네지만, 지금 그곳에 살고 있을 낯선 사람들을 생각하면 한 번도 가 본 적 없는 곳처럼 느껴진다. 그러고 보면 낯설다는 건 꼭 무언가가 정말로 처음이어서라기보다 변화를 맞이할 준비가 되지 않았을 때 찾아오는 감정인가 보다.

한때는 익숙했지만 지금은 낯설게 느껴지는 동네로 이사하면 우리 가족은 세종에 처음 와서 경험한 일들을 고스란히 다시 겪을 수밖에 없다. 아무 생각 없이 달려 나간 놀이터에서 삼삼오오 무리 지어 뛰어노는 다른 아이들을 보며 아들과 딸이 외로움에 몸부림치는 날이 있을 거다. 굳이 거창한 약속을 잡지 않고도 슬리퍼에 운동복 차림으로 동네를 같이 산책할 친구가 없어서 서러운 날도 있을 거다. 그런 날이 오면, 10년 전처럼 분홍빛 하늘이 또다시 서글프게 느껴질지도 모른다.

그래도 제법 잘 해낼 수 있을 것 같다. 이사를 앞두고 친구들과 함께 떠난 서해에서 펠릭스 발로통의 〈오렌지와 보랏빛의 하늘, 그레이스에서의 노을〉을 닮은 낙조를 보았다. 저녁 해가 내려앉은 바다는 아름다웠다. 하늘 높이 떠 있던 태양과 해수면의 거리가 점점 좁혀지자 마치 레드 카펫을 깔아놓은 듯 바다는 강렬한 붉은 빛으로 물들었다. 바다 한가운데 빛이 그려낸 레드 카펫은 너무도 튼튼해 보였다. 그 위에 올라서기만 하면 얼마든지 수평선까지 걸어갈 수 있을 것만 같았다. 아이, 어른 할 것 없이 다 같이 모여 웃고 떠들며 함께 바라본 작별의 낙조는 그렇게 내 가슴속에 깊이 새겨졌다. 며칠 뒤면 세종을 떠나겠지만 한때는 타인이었던 이들과 친구가 돼 많은 것을 함께 했던 추억이 있기에 이제 낯선 동네도, 낯선 하늘도 두렵지 않다.

삶의 기쁨

_박숙현

은둔의 시간은 삶의 지혜를 준다

일요일이다. 주말은 무조건 쉬어야겠다는 생각만으로는 충분히 충전되지 않는다. 이런 날, 나는 은둔의 시간을 찾는다. 그것만이 내게 진정한 쉼을 제공한다고 느끼기 때문이다. 한마디로 '멍 때리기' 좋은 시간을 찾는다는 뜻이다. 새벽 산책은 내게 마음의 찌꺼기를 밖으로 흘려보내 삶을 이어 갈 힘을 준다. 그 시간 동안은 외부의 소음은 사라지고 오직 내 안의 소리만 들을 수 있다. 산책하다 보면 자연 속의 친구들을 만난다. 계절에 따라 변화하는 새소리, 바람 소리, 풀벌레 소리가 나의 귀를 거쳐 내면까지 청소해 준다. 자연의 소리는 어떤 명의의 처방보다 뛰어난 명약이다.

산책은 그저 걷기만 하는 것이 아니다. 시각, 청각, 촉각에 해당하는 세포들이 살아나는 시간이다. 다채로운 색으로 채워진 계절별 자연 풍경은 아름다운 한 폭의 그림이 된다. 하루 중 내 마음이 가장 순수하고 맑아지는 순간을 꼽으라면 새벽 공기 색을 만나는 시간이다. 나는 이 색을 '적막의 푸른 시간'이라고 말하고 싶다. 사진 작가들이 매혹되는 은둔의 새벽 시간 앞에 서면 나의 어두운 생각들이 기적처럼 사라진다. 거대한 고요함으로부터 여명의 빛이 쏟아지는 찰나, 나도 모르게 감사한 마음으로 하루를 시작하게 된다.

삶의 기쁨을 찾아야 하는 이유

이 그림을 처음 본 순간, 노래 하나가 떠올랐다. 자연스럽게 '연극이 끝나고 난 뒤'라는 곡이 내 입에서 흘러나왔다. 이 노래는 1980년 티브이 프로그램 'MBC 대학 가요제'에서 그룹 '샤프'가 부른 노래였다. 가사를 아는 사람이라면 아마도 중년의 나이쯤 되었을 것이다. 나도 이렇게 50대가 올 줄은 상상도 못 했다. 그림을 보며 작가의 나이가 궁금해졌다. 연도를 계산해 보니 작가도 53세라는 중년의 나이에 이 그림을 그렸다는 것을 알게 됐다. 매일 뜨고 지는 자연의 현상을 보며 나이를 생각하게 된 건, 사실 웃프다(웃기면서 슬픈 일이다). 윤여정 배우가 노을을 보며 했던 인터뷰도 떠오른다. "젊었을 땐 노을을 보면 슬프지 않았어. 그런데 70대가 되고 나니 너무 슬픈 거야. 붉게 타오르다가 금방 사라지는 걸 보는 게 슬퍼." 그 순간 나도 비슷한 감정이 느껴져 울컥하고 눈물이 핑 돌았던 기억이 난다.

나는 철이 덜 든 사람일까? 삶의 유한함을 자주 잊고 사는 것 같다. 매일

하루를 열심히 살기만 하면 되는 줄 알았다. 완벽해야 할 정도로 성실해야 한다는 생각으로 나를 괴롭히는 일도 많았다. 50대가 되고 나니 타인의 잣대에 나 자신을 맡기는 건 어리석은 생각이라는 걸 알게 되었다. 진정한 나 자신이 되려고 노력하며 살고 싶다. 나에게 먼저 친절해야 타인에게도 온전히 다가갈 수 있다. 나의 진짜 모습으로 살아가는 삶이야말로 멋지지 않을까? 사는 동안 내게 삶의 기쁨도 선물로 주며 살고 싶다.

삶의 기쁨을 함께한 친구

내가 기억하는 아름다운 호수 색은 스위스 여행에서 본 한 없이 투명한 에메랄드빛이었다. 아이와 함께 기차 창문 너머로 보았던 그 파랑은 가장 신선한 공기와 맞닿은 색이었다. 정수기에 걸러 먹을 필요가 없는, 가장 청정한 물의 색이었다. 30대 중반의 철없는 엄마와 어린 딸은 감탄하며 한참을 멍하니 풍경을 감상했다. 기억이 또렷이 남아 있는 걸 보면, 젊은 날의 나는 기쁨을 표현할 줄 아는 그런 사람이었다는 생각이 든다. 저 끝없는 호수인지 바다인지 알 수 없는 그림 속 공간에 비친 오렌지빛은 분명 내게 위로가 되는 색이었다. 물빛 위의 보라, 분홍, 주황은 천천히 내 맘에 들어와 비타민이 되었다. 유리컵에 층층이 고운 색으로 담긴 셔벗 음료처럼 기분 좋은 감각을 선사했다. 한 장의 그림으로 나만의 산책도 하고 삶의 기쁨을 느꼈던 어느 날도 떠오른다. 좋은 삶이 어떤 것인지는 정확히 정의 내리기 어렵지만 나쁜 삶이 어떤 것인지는 누구나 설명할 수 있다. 나쁜 삶을 하나씩 지우다 보면 삶의 행복도 가까이에 둘 수 있다. 딸과 함께한 여행은 삶 속에서 느낀 기쁨과 행복이 고스란히 담긴 소중한 기억으로 남아 있다.

지금 글을 쓰는 내 방 창 너머를 바라보니, 엊저녁 펑펑 내렸던 눈이 거짓말처럼 녹아 있다. 반려견 코코가 좋아하는 햇살도 한가득하다. 코코의 숨소리와 가끔 들리는 코 고는 소리는 나에게 행복을 준다. 그림 속 일몰, 나의 한낮 시간, 산책하며 즐긴 은둔의 시간 덕분에 내 삶의 배터리는 충분히 충전되었다. 이 그림은 가끔 나에게 은둔의 시간을 선사할 것만 같다. 정신없이 바쁜 삶에 찌들어 있을 때 영혼을 맑게 해 주는 그림이기 때문이다. 나만의 방이 없어도 이 그림 한 장만으로 충분히 나만의 공간을 만들 수 있을 것만 같다.

한 줄기 희망이 물들기를

_장영지

시간의 경계선에서의 고백

타인의 세계로부터 멀리 떨어져 나오고 싶은 욕망이 내게 찾아왔다. 그 마음을 아무에게도 들키고 싶지 않았다. 다른 사람에게 닿지 못하는 언어들이 어느새 층층이 쌓여 갔다. 그 사이, 불완전 연소하여 남겨지는 그을음에 시야가 흐려졌다. 답답함과 불안함이 동시에 스며들어 견딜 수가 없었다. 그럴 때마다 그림 속으로 달려가 숨어 버리는 작전을 쓰기로 했다. 아무에게도 하고 싶지 않은 이야기를 간직한 그림을 보는 것이 좋았다. 작가가 숨겨 놓은 그 비밀을 고요하게 바라보는 시간이 길어질수록 투명해지는 나를 발견했기 때문이다. 그림을 소유하지 않은 채로 사유하는 방법을 스스로 만들어 나갔다. 그림을 바라본다. 그리고 두 눈을 감는다. 그림과 나 사이에는 그 어떤 벽도 존재하지 않는다고 느끼며 그림을 바라본다. 내 안에 있는 감정들을 확인하는 작업이다.

어떤 날은 이유 없이 슬펐고, 어떤 날엔 불같은 화가 올라왔다. 어떤 계절에는 그림이 파도같이 밀려왔다가 밀려갔고, 어느 밤에는 달빛같이 은은하게 나를 비추어 주었다. 그림이 주는 감정들을 오롯이 담고 싶어졌다. 그림 속으로 숨을 때마다 나와 맞지 않는 주파수로부터 과감하게 빠져나올 용기가 생겨났다. 그 용기는 나를 대학원으로 이끌었다. 그림을 늘 곁에 두고 그림 속에 숨겨진 코드를 풀어내기 위한 세월을 보냈다. 눈코 뜰 새 없이 바빴지만, 진정 원하는 삶이 시작됐다는 기분이 들었다. 새로운 시선으로 세상을 바라보게 된 결정적인 시기이자 최고의 선택이었다.

가슴속에 품은 색

무엇을 좋아하는지 모르고 살았다. 정확하게 설명하자면 내가 좋아하는 것을 당당히 말하고 선택할 수 있는 환경이 아니었다. 하얀 캔버스를 무슨 색으로 칠하는 게 좋을지 몰라 한참을 망설이는 사람으로 자랐다. 그런 내가 미술이라는 것을 마음에 품고 있으니 온통 환해지는 것 같아 그저 좋았다. 좋아하는 일을 하는 사람의 눈이나 얼굴에서는 빛이 난다고들 한다. 나에게도 빛이 생겼다. 아이슬란드의 오로라같이 푸르스름한 빛이 날 때도 있었다. 오후 한 시 무렵의 카프리섬처럼 싱그러운 레몬 빛을 내기도 했다. 점점 시간이 지날수록 내게서 나오는 빛의 파장이 태양과 가까워지는 것을 느끼며 가슴이 두근거리기도 했다. 가슴이 뛰는 날이 많아졌다. 좋아하는 일을 하며 행복해지는 만큼 몸과 마음이 튼튼해졌다. 과거는 뒤돌아보지 않고 앞으로 달려왔다.

또 한 번 빛나는 선택을 했다. 남편을 만나 결혼을 선택한 것이다. 남편은 내가 유일하게 선택한 나의 가족이다. 부모와 자식은 선택으로 이루어진 것이 아닌 하늘의 인연이라 한다. 그 하늘의 인연이 우리 부부에게 와주었다. 결혼과 아기의 탄생으로 엄마가 된다는 것의 의미를 생각해 보았다.

아이가 생기자 나의 모든 것을 포기해서라도 지켜내겠다는 강한 책임감이 생겼다. 아이는 나를 세상에서 가장 행복한 엄마로 만들어 줬다. 그 어떤 직업보다 엄마라는 직업이 자랑스러웠다. 아기를 잘 키우기 위해 온 힘다해 육아라는 세계에 전념했다. 내 품에 안긴 아기의 볼은 통통하게 젖살이 올라 너무 귀엽다. 하루치 행복을 위해 집중해서 가족을 돌본다. 모든 정성과 에너지가 아기에게로 갈수록 아기는 쑥쑥 자랐고, 남편은 일과 가정의 조화를 이루며 행복해했다.

한편으로는 일을 하며 성취감과 성공을 맛보던 황금빛 시절이 점점 멀어져 가는 듯했다. 빛나던 황금빛 세상으로부터 멀리 떠나와 아주 먼 나라에 정착한 것 같은 느낌이 들었다. 전 세계를 다니며 미술을 품었던 그 시절로 되돌아가고 싶은 마음이 들었다. 이제는 돌아갈 수 없는 그저 향긋한 추억이 되어 버린 것만 같았다. 마음이 요동을 쳐댔다. 괜찮은 척했지만, 위기감이 들었다. 위기는 기회라 했던가. 다시 그림 속으로 푹 빠져들 수 있는 절호의 타이밍이다.

색이 주는 희망

가만히 그림을 들여다보았다. 물결 속 소리 없이 흔들리는 세상이 있다. 황금빛으로부터 멀리 달아나고 싶은 파도가 이리저리 크게 흔들린다. 흔들린다고 해서 나약한 것이 아니다. 화가는 대자연 앞에서 그 어떠한 것도 초라하거나 약한 것이 아님을 알고 있는 듯하다. 물결에 비친 태양이 한 줄기 희망을 물들이고 있다. 아이를 키우고 있는 엄마의 삶 속에서 크고 작은 파도가 일렁인다. 그림 속으로 피신해 있던 눈동자는 파랑과 바이올렛에 대비되는 오렌지빛에 반응한다. 오렌지색은 떠오르는 태양처럼 보인다. 황금같이 빛나는 색의 파장은 따뜻한 위로와 격려를 건네준다. 그 위로 덕에 체온이 1도 더 올라가는 듯하다. 그리고 최선을 다해 현재 위치에서 앞으로 나아가야 하는 에너지를 이 그림의 색으로부터 전달받는다.

때론 인생에서 거친 폭우와 높은 파도가 일어나는 태풍을 만나게 된다. 물밀듯이 닥쳐와 모든 것이 부서져 휩쓸리기도 한다. 꿈이나 마음속에서 깊은 파도에 빠져 두려움을 느끼는 날도 있을 것이다. 그렇다면 지금, 그림을 마주한 이 순간이 얼마나 평온한지, 수면 위를 넓게 물들이는 황금빛에 얼마나 깊은 평화가 깃들어 있는지 느낄 수 있을 것이다. 아이의 하루를 위해 낮과 밤을 뒤바꿔 살아가는 당신, '엄마'라는 이름으로 불리는 당신에게 보여 주고 싶다. 이 그림 앞에서는 당신의 폭풍 같은 시간이 사라지기를 바란다. 부디 아름다운 색이 선물하는 한 줄기 빛이 희망을 물들이기를.

시간 여행

_전애희

안녕, 악어 '빌'

보랏빛 노을과 노란 태양이 악어로 변신해 인사했다. "우와! 악어 빌이다." 오랜만에 만난 빌을 보자 정말 기뻤다. 나는 순식간에 과거로 시간 여행을 떠났다. 내 옆에 재잘재잘 이야기하며 책을 보고 있는 남매가 있다. 책을 좋아하는 아이들이었을까? 아니면 엄마인 내가 책을 좋아하는 아이들로 키우고 싶었던 것이었을까? 난 아무리 바빠도 잠자리 책을 읽어 주었다. 내 출퇴근 시간에 맞춰 일과를 보낸 아이들이었지만, 책만 읽어 주면 생기가 돌았다. 칭얼거리던 둘째도, 장난기 많은 첫째도 집중 상태가 됐다. '다른 집 아이들은 책을 읽어 주면 금방 잔다고 하던데, 우리 집 아이들은 언제 자려나?' 이런 걱정은 아주 잠깐! 책을 읽어 주던 나도 동화 속 주인공과 동일시되어 울다 웃었다. 주인공을 걱정하며 책장을 넘기기도 하고, 새가슴이 되어 깜짝 놀라기도 했다. 우린 이렇게 동화 속 세상으로 퐁당 빠졌다.

'머나먼 나일강 강가에, 빌이라는 악어와 피트라는 악어새가 살고 있었어요.'라는 문장으로 시작하는 토미 드 파올라의 『꼬마 제인이 없어졌어요』 동화는 사촌 동생 꼬마 제인이 없어진 걸 알게 된 악어 빌과 악어새 피트가 꼬마 제인을 찾아 떠나는 모험 이야기다. 아이들이 좋아하던 책 중 하나였다. '악당한테 잡혀가서 가방이 된 건 아니에요. 그 녀석은 아직 감옥에 있으니까요.'라는 문장에서 아이들은 악당에게 잡혀가면 가방이 될 수 있다는 상황을 잘 이해하지 못했다. "소, 양처럼 동물 가죽으로 가방도 만들고 신발도 만드는데, 악어가죽으로도 가방을 만들 수 있어." 설명하는 동안 내 머릿속에는 고가의 악어가죽 가방이 반짝거리며 떠다녔다. 재미난 그림책이라는 생각으로 한 장 한 장 넘기던 나는 사랑, 우정, 믿음, 모험을 넘어 밀렵, 환경 문제까지 담은 동화책에 감탄하며 책장을 덮었다.

안녕, 보라카이

한참 동안 그림 속 노을에 빠졌다가 눈가에 눈물이 맺혔음을 느꼈다. 나의 시간은 2005년 겨울로 떠났다. 하얀 눈이 내리던 추운 날 우리는 결혼식을 올렸다. 결혼식을 마친 후 신혼여행을 위해 광주 공항으로 향했다. 인천공항에 도착한 후 다시 한번 비행기에 몸을 실었다. 새벽에 도착한 필리핀 마닐라의 공기는 습하고 답답했다. 호텔에서 아침을 맞이한 우리는 경비행기를 타고 또 하늘을 날았다. 그 이후 배를 타고 얼마쯤 지났을까? 뭍에서 조금 떨어진 곳에 배가 정착했다. 드디어 "보라카이다!" 외쳤을 때 무척 당황스러운 상황이 생겼다. '어머머! 나 혼자 갈 수 있는데.' 마음속으로 외쳤지만, 현지인의 어깨 위에 얹힌 채 얕은 바다를 건너야 했다. 이런 마음은 우리의 최종 목적지인 보라카이의 은빛 모래 위에 발을 딛자마자 사라져 버렸다.

햇살에 반짝이는 은빛 바다에 마음을 홀딱 뺏긴 나는 감상도 잠시, 패키지여행답게 바로 다음 일정을 진행했다. 다양한 해양스포츠를 즐긴 후에야 여유로운 저녁 식사와 세일링 보트 타는 시간을 가질 수 있었다. 햇살을 담아 은빛으로 반짝이던 바다는 저녁노을을 담은 금빛 드레스로 갈아입고 저녁 무도회를 준비하고 있었다. 우리는 늦지 않게 저녁 무도회에 도착했다. 금빛에서 붉은빛으로 변하는 드넓은 바다와 하늘은 현실이 아닌 그림 같았다. 그동안의 긴장을 무장해제시켰다. 몸의 긴장이 풀리니 마음 또한 편안해졌다. 결혼 준비부터 결혼식, 그리고 지금, 이 순간까지 주마등처럼 지나갔다. 그리고 엄마, 아빠가 떠올랐다. 고맙다는 인사를 제대로 못 하고 와서였을까? 나도 모르게 눈시울이 촉촉해졌다. '이제 나도 한 가정을 가진 사람으로 부모님 잘 모시자!' 마음속으로 다짐했다. 그리고 평생 함께하기로 한 그와의 미래를 상상해 보았다. 그때 우리를 감싸 주었던 석양은 희망이었다.

햇살을 품는 시간

집마다 햇살을 품는 시간은 다르다. 우리 집은 남서향으로, 추운 겨울이면 저녁 식사 준비하기 딱 좋은 5시쯤 거실 창으로 석양이 한가득 들어온다. 이 시간만큼은 하던 일을 멈추고 잠시 하늘을 바라보았다. 오랜만에 미세먼지가 걷힌 파란 하늘에 기분이 좋았다. 홍시처럼 붉은 태양과 은은한 오렌지빛 햇살이 실내로 들어와 나를 따뜻하게 감싸 주었다. 아이들 방, 거실을 넘어 주방까지 길게 들어오는 햇살은 따뜻한 손이 되어 집 안에 있는 모든 것을 쓰다듬어 주었다. 오래 머물 것 같은 태양은 어느새 사라지고, 하늘에는 은은한 오렌지빛, 달콤한 솜사탕 같은 핑크빛, 신비로운 보랏빛만 남아 있었다.

펠릭스 발로통의 〈오렌지와 보랏빛의 하늘, 그레이스에서의 노을〉은 지금 내가 바라보고 있는 창밖의 석양만큼이나 정말 아름답고 따뜻하다. 그림과 하늘을 번갈아 보는 사이, 나는 시공간을 넘나들며 추억여행을 다녀왔다. 내 안에 있는 모든 감각이 하나하나 깨어났다. 오래전에 봤던 그림책 줄거리와 등장인물, 그 안에 담긴 그림과 색감까지 내 안에 스며들어 있음을 느꼈다. 우리가 함께 그림책을 보던 그 시절이 아이들의 마음속에도 내재되어 있을 거라는 확신이 들었다. 신혼여행 때 느꼈던 감각과 그때 했던 다짐들이 되살아났다. 언제나 '내 편' 해 주는 남편, 시시각각 바뀌는 사춘기 남매들과 함께하는 일상에서 새로운 희망을 꿈꿔 본다. 하고 싶은 일,

할 수 있는 일, 그동안 미루어 뒀던 일! 이 모든 것들이 나에게 날개를 달아 줄 것이다. 작은 날갯짓은 내가 모르는 그림자 속으로 안내할 것이다. 들어가 보자. 그럼, 길이 보일 것이다. 세상의 금빛 햇살, 은빛 햇살이 나를 기다리고 있을 것이다.

라몬 카사스
: 나의 출발점

라몬 카사스(Ramon Casas 1866-1932)
<무도회가 끝난 후(After the ball)> 46.5×56, 1899

당신의 별을 돌려놓을 수 있는 사람은 오직 당신입니다.

_『클링조어의 마지막 여름』, 헤르만 헤세

나를 위한 따뜻함

_김경애

누워서 보낸 시간

초록 소파 위에 검정 드레스 차림의 여인이 누운 듯, 앉은 듯 널브러져 있다. 왠지 익숙한 이 광경은 마치 나를 보는 듯하다. 신발만 안 신었지, 똑같다. 소파 위에 앉을 때 내가 자주 취하는 자세다. 앉은 건지 누운 건지 늘어져 있는 자세가 편안해서 좋다. 하지만 곧이어 허리가 아프다. 둘째 아이 출산 후에 부쩍 힘들어졌다. 8월의 찜통더위 속에서 출산했는데 그 한여름에도 추워서 보일러를 틀 정도였다. 큰아이 어린이집 준비물을 사러 집 앞 문구점에 다녀오는 것도 힘이 들어 숨을 헐떡이며 걸음을 떼곤 했다.

나를 일으켜 세우다

설거지 한 번으로 반나절 이상 누워 쉬어야 했다. 그러다 문득 이렇게 누워만 있다가 인생 다 보낼 수도 있겠다 싶은 생각이 들었다. 서둘러 집 근처 주민 편익시설로 향했다. 화성시에서 쓰레기 소각장을 설치할 때

보상의 의미로 함께 지어 준 운동시설로, 지역 주민들은 저렴하게 이용할 수 있는 곳이다. 고민 끝에 근력을 키우기 위해 웨이트 트레이닝 수업을 신청했다. 첫 시간에 강사는 스쿼트 100개를 시켰다. 불가능하리라는 나의 예상과 달리 바들바들 떨며 100개를 해냈다. 운동이 끝난 후에도 여전히 다리가 후들거렸다. 강사는 그런 내 모습을 보더니 자기 몸도 못 가누는 사람이 어떻게 무게를 들겠냐며 코어의 힘부터 기르고 오라고 했다. 강사에게 등이 떠밀려 필라테스 수업을 시작했다. 동작 하나하나 힘이 들었고 몸살이 나면 병원에 가서 약을 먹었다. 그렇게 1년을 필라테스 수업을 듣고 나서야 웨이트 트레이닝 수업에 들어와도 좋다는 강사의 허락이 떨어졌다. 웨이트 트레이닝 수업을 반년 더 한 후에는 유럽 여행까지 다녀왔다.

책 속에서 나를 찾다

그림 속 여인의 한 손에는 노란 표지의 책이 들려 있다. 널브러져 있지만 책은 읽겠다는 일념. 나 역시도 읽지 못할 책을 꼭 침대까지 가지고 들어간다. 지금은 『호밀밭의 파수꾼』을 읽고 있다. 제목만 보고 서정적인 내용이라 짐작한 나의 기대는 보기 좋게 빗나갔다. 불과 열여섯 살인 남자 주인공의 의식이 흘러가는 대로 사건이 전개된다. 비속어가 난무하는 청소년의 표현을 이렇게도 책에 쓸 수 있다는 것이 다소 충격적이었다. 이 도서는 비틀스의 멤버 존 레논을 피격한 범인이 읽던 책으로 베스트셀러가 되었다고 한다.

한편으로 나는 통쾌하기도 했다. 생각은 얼마든지 자유인데 나는 그 생각마저도 검열하고 있었기 때문이다. 마치 내 속에 부모님의 목소리가 있는 것처럼 비교하고 판단하고 나에 대해서도 끊임없이 불평하고 걱정한다. 부모님이 그렇게 다그치고 염려하는 게 싫었는데도 나는 왜 내 안에 부모님의 목소리를 끌어안고 사는 걸까? 마치 30년 동안 꾸준히 들어왔던 목소리가 저절로 녹음된 것 같다. 그리고 그 녹음기는 나의 의식 속에서 여전히 현재진행형이다. 부모님 목소리 녹음기는 어떻게 끊어 낼 수 있을까? 먼저 재생되고 있는 녹음기 소리를 알아차려야 할 것이다. '~하면 안 돼, ~해야 해, 나는 저 사람보다 못해, 바보야? 내가 하는 일이 그렇지 뭐…' 끊임없이 나에게 속삭이는 목소리를 알아차리자. 또한 그 녹음기를 끌 수 있는 것이 나 자신이라는 것을 알아야 한다. 그 녹음기를 듣고 있을지 그 목소리를 끊고 내 목소리를 들을지 내가 선택해야 하는 것이다. 오직 나 자신만이 그 녹음기를 끌 수 있다. 선택하지 않으면 녹음기는 계속 재생될 것이다.

그러니 지금도 여전히 나를 가두고 검열하는 부모님 목소리를 알아차리고 그것을 끄자. 나를 비난하고 무시하며 강요하는 목소리를 끄고 내 목소리를 듣자. 내가 무엇을 원하는지 내게 어떤 위로가 필요한지 내가 무슨 말을 듣고 싶은지 나의 마음에 귀 기울이자. 그리고 내게 그 말을 들려주자. '괜찮아, 지금도 충분히 잘하고 있어! 네가 자랑스러워, 살아줘서 정말 고마워.' 나 자신을 위로하고 지지해 주자. 나를 진심으로 사랑해 주자. 지금

나는 나에게 어떤 소리를 들려주고 있는가? 지금 내가 듣고 싶은 말은 무엇인가? 바로 그 말을 나에게 건네 보자. 따뜻하게 나를 안아 주자.

번아웃
_김상래

때마다 번아웃

신명 난 놀이가 끝나면 어김없이 고꾸라지곤 했다. 이젠 쉬어야지. 이젠 일 만들지 말아야지 하다가도 나도 모르게 또 무언가를 생각하고 실행했다. 결국, 아파야 쉬어졌다. 나는 하나에 빠지면 온 힘을 다해 집중하는 편이라 한번 그 몰입의 문을 열면 번아웃이 올 때까지 내달리곤 했다. 초등학교 때도 그랬다. 그림을 그릴 때면 날이 새는 줄도 모르고 그 안에 흠뻑 빠져 있었다. 문구점에서 파는 종이 인형으로는 성에 차지 않는 아이였다. 세상에 하나밖에 없는 옷을 직접 그리고 색칠해 입혀야 만족감이 느껴졌다. 표어나 포스터 과제를 할 때도 내 마음에 들 때까지 하는 아이였다. 공부보다는 그림을 그리거나 시 쓰는 일로 밤을 새웠다. "그만하고 자야지." 엄마는 잠이 없는 나를 걱정했다.

번아웃은 웹디자이너로 일하면서 처음 찾아왔다. 퇴근이랄 게 없는 삶이었다. 병원에서는 입원을 권유했다. S 대학 메인 홈페이지 디자인에만 몰두해 있었다. 디자인 결과는 좋았다. 그러나 프로젝트가 끝나고 나는 회사를 그만두었다. 그럴 수밖에 없었다. 왼쪽 눈의 혈관이 터지고 귀 뒤쪽부터 어깨까지 전기충격이 가해지는 것만 같은 고통이 계속됐다. 머리를 돌릴 수도 없는 지경이었다. 대상포진. 휘청거리며 걸을 정도로 독한 약을 먹으면서 번아웃을 맞은 나를 자책했다. 생각처럼 온전히 따라 주지 않는 몸을 원망했다. 마흔에 가까워지고 나서야 다신 번아웃을 겪지 않으리라 다짐했다. 하나에 너무 몰입하지 않기로 약속했다. 내가 원하는 만큼 성과가 나오지 않아도 되니 즐거운 놀이로 시작해 놀이로 매듭지을 수 있을 정도로만 하자고 나와 맹세했다. 이후로도 작은 번아웃을 여러 차례 겪었다. 생각처럼 참 쉽지 않은 일이었다.

강사가 된 이유

마흔일곱. 강사로의 결심은, 아빠와 남편의 상황을 이해하게 되면서였다. 한 회사에 삼십 년 이상을 몸담았던 아빠. 그와 같은 길을 걷고 있을 남편. 직장생활이란 내가 크게 마음먹지 않는 이상 안팎으로 성장할 일이 별로 없다. 퇴근 후, 책을 읽거나 공부하지 않으면 자기 계발과 성장은 없는 삶이라고 생각했다. 내가 중학생이던 때, 아빠는 회사에 다니며 일본어 공부를 하셨다. 없는 시간을 쪼개 역사책도 꾸준히 읽으셨다. 아빠만의 시간이 생기면 원하던 사진도 배우고 차를 개조해 세계여행을 다니실 줄 알았다. 퇴직 후, 아빠의 삶은 완전히 달라졌다. 소속과 역할이 없어진 아빠는 매일 티브이 방송으로 헛헛한 자신을 달래곤 했다. 그리곤 여러 산악회 대표를 맡았다. 산을 타기보다 사람들과 어울리며 자신의 역할을 찾는 것처럼 보였다. 2023년, 일흔넷의 아빠는 몽골 여행을 몇 달 앞두고 담도암 판정을 받았다. 그리곤 8개월 만에 우리 곁을 떠났다. 단 한 번도 크게 아파 본 적 없던 아빠. 자식들보다 체력이 더 좋던 아빠가 급하게 세상에서 사라졌다.

성실하고 책임감 강한, 군인 같은 남편. 직장 그만두고 새로운 일을 찾거나 옮길 생각이 없다. 남편의 정년이 오기 전에 내가 할 일을 찾아야만 했다. 왜인지 위험한 세상으로부터 남편을 구해 주고 싶은 마음이 들었다. 나는 정년과 관계없는 일을 하고 싶었다. 계속해서 성장하는 삶을 살기 원했다. 철학자이자 수필가인 김형석 교수처럼 100세가 넘어도 꾸준히 책을 쓰고 강연하는 강사가 되기로 마음먹었다. 지식의 깊이가 채워지려면 멀었지만, 알아낸 것을 듬뿍 나누기로 했다. 2023년은 강사로의 첫발을 디딘 해였고, 갑자기 암으로 아빠를 떠나보내야 하는 해였다. 생각지도 못하게 주어진 기회들과 뜻밖인 아빠의 죽음으로 몸과 마음이 모두 바쁜 해였다.

번아웃 알아채기

힘들 땐 조금 쉬어 가야지. 아빠 생각하며 목 놓아 울어야지. 연초에 목소리가 나오지 않을 정도의 기침과 가쁜 호흡으로 갈비뼈를 부여잡고 온 집안을 어슬렁거렸다. 초기엔 객혈로 죽음을 앞둔 이상처럼 이따금 가래에 피도 섞여 나오곤 했다. 병원을 세 군데나 갔다. 폐나 기관지엔 별다른 이상이 없다는 결과지를 받았다. 다만, 고양이 털과 집먼지진드기에 반응이 나왔으니, 기침 유발하는 것들을 멀리하라고 했다. 기침이 한창 절정에 달하던 시기에 라몬 카사스의 〈무도회가 끝난 후〉를 보게 되었다. 새로 산 듯 보이는 세련된 구두. 더 이상 움직일 힘은 없어 보인다. 풀린 눈과 검은색 드레스는 현재 그녀의 상태. 그녀가 바라는 쉼의 원천은 소파가 품고 있는 자연. 오른손에 꼭 쥔 희망의 끈은 쉬는 중에도 놓을 수 없었던 모양이다. 쉬면서 원고를 쓰고 책 읽는 나는 자의 반 타의 반 기절 중인 상태. 자연과 태양을 품은 우리만의 한옥을 꿈꾸는 지금의 내 모습을 라몬 카사스의 그림에 투영해 본다.

성향은 변하지 않는다. 알아채면 된다. 번아웃을 겪지 않으려면 아는 것을 듬뿍 나누고, 놀이처럼 즐기며, 가정과 일을 적절히 병행할 것. 다른 이의 계획에 끌려가기보다는 내가 할 수 있는 만큼의 계획에 집중하고 무엇보다 건강을 신경 쓸 것. 이런 규칙들을 세우고 나니 번아웃이 두렵지 않았다. 몸이 아프면 쉬면서 할 수 있는 일을 찾고 괜찮아지면 다시 듬뿍 나누고 즐기는 삶을 살아가면 된다. 2024년, 운이 좋아 많은 강연을 할 수 있었다. 다음 해엔 건강한 몸부터 만들면서 책 쓰는 데에 집중하고 싶다. 마침,

방학한 아이가 함께 새벽 배드민턴을 치자고 한다. 가까운 곳에 늘 스승이 있다.

방전된 배터리

_김혜정

장례식 후의 지친 몸

검은색은 양면성을 가진 색이다. 예를 갖추거나 점잖은 자리, 화려한 파티나 시상식에도 어울린다. 우리나라의 상복은 검정인 경우가 많은데, 상을 치르는 과정에서 예를 갖춰야 하기 때문이다.

생각지도 못한 부고 소식을 들었다. 갑작스러운 외삼촌의 죽음. 나이 예순에 미혼이다 보니 장례를 준비할 가족은 형제들뿐이었다. 하루아침에 남동생을 잃은 누이들의 마음은 어땠을까. 3대 독자 아들의 죽음을 모르는 외할머니는 요양병원에서 평소와 같은 하루를 보내고 계신다. 이른 아침부터 빈소가 차려졌다. 오랜 시간 문상객을 맞이하다 보니 몹시 피곤했다.

편안함의 상징인 초록색. 라몬 카사스의 〈무도회가 끝난 후〉란 그림에서 눈에 띄는 소파의 색이다. 널찍한 소파에 몸을 널브러뜨린 여성이 부럽기

그지없다. 푹신한 소파에 몸을 누이고 마냥 쉬고 싶은 맘이 간절하다. 무도회라면 장례식과는 사뭇 다른 분위기의 모임이었을 것이다. 검은 드레스를 벗지도 못한 채 누운 여인은 지친 모습이 역력하다. 편한 자리가 아님을 느낀다.

편치 않은 상황에 놓이면 맥을 못 출 만큼 생체리듬이 다운된다. 특히나 장례식장은 여러 번 다녀 보아도 나에겐 늘 불편한 장소다. 가족으로 오랜 시간 빈소를 지켜야 하는 경우는 더욱 그렇다. 피곤함에 초점 잃은 눈, 엉덩이와 허리가 의자 등받이에서 점점 멀어진다. 앉아 있다기보다 어정쩡하게 누운 것에 가깝다. 복도 한쪽 소파에서 새우잠을 청한다. 슬픈 와중에도 쏟아지는 잠을 이기지 못한 현실이 씁쓸하기 그지없다.

의식의 지배를 벗어난 나의 육체

뇌의 명령을 어기며 몸이 하고 싶은 대로 했던 때가 있었다. 2015년 3월로 거슬러 올라간다. 따뜻한 봄이 올 무렵 나는 위암 진단을 받았다. 나에겐 한없이 추운 겨울의 연속이었다. 이 시간을 몸이 기억하나 보다. 수술을 받았던 무렵이면 이유 없이 몸이 아프거나 젖은 빨래처럼 늘어지곤 한다.

나는 다빈치 로봇 수술을 했다. 회복 속도가 빠른 것이 장점이라고 했는데 기대와는 다르게 회복이 더뎠다. 그렇지만 대학병원의 침상은 일주일 만에 비워 줘야 했다. 암 덩어리는 위의 위쪽인 분문부[2] 가까이에 자라고 있었다. 식도 아래 상부와 위의 중간을 넘어 절반 이상을 자르고, 다른 기관으로 전이 우려가 있는 림프들도 잘라 냈다. 식도와 소장을 잇고, 남아 있는 위 일부를 소장에 이어 붙이는 우회술을 받았다.

대학병원에서는 요양병원으로 가길 권했다. 요양병원이 의식 없는 노령의 환자들만 모인 곳이라 알던 시부모님은 내가 그곳에 가는 것을 원치 않았다. 시아버님이 아는 병원에 입원했다. 병원에서 사흘을 보내고, 부실한 식사 문제로 수원 외곽에 있는 요양병원을 알아보게 되었다. 그 당시 아이들은 초등 2학년과 6학년이었다. 엄마의 손길이 필요한 아이들을 챙기지 못해 마음이 쓰였으나 회복하는 것에만 전념하기로 마음을 굳혔다.

위를 잘라 내고 예전처럼 밥을 먹는 과정은 힘든 시간의 연속이었다. 병원에서 한 달간 식사는 이유식을 시작하는 아이의 식단 같았다. 물에 가까운 미음을 시작으로 된죽 단계까지 갔다. 한 끼에 내가 소화할 수 있는 양은 다섯 숟가락을 넘지 못했다. 대신 삼시 세끼가 아닌 하루 여섯 끼가 기본이었다. 즉, 조금씩 자주 먹을 수밖에 없었다. 여섯 끼를 환자식으로 주는 병원은 없었다. 감사하게도 입원한 병원은 예외였다. 식당 직원분들의 배려로 그들의 퇴근과 함께 한 끼 식사와 간식을 더 받았다. 위를 잘라 내

2 식도와 위가 연결된 부분으로 음식물이 식도에서 위로 지나가는 통로를 말한다.

어 그랬는지 적게 먹어도 배고픔을 느끼지 못했다. 시간이 지나자, 몸에 이상 신호가 오기 시작했다. 몸이 필요로 하는 영양소가 부족했다. 통장 잔고가 바닥나듯 내 몸의 '영양은행'도 바닥을 보였다. 정상치 아래의 항목들이 그래프에 나타나기 시작했다. 그때부터였을까 내 몸은 의식의 명령을 거스르기 시작했다.

낮이지만 부쩍 잠을 자는 시간이 늘었고, 더운 계절에도 두꺼운 옷을 벗지 못했다. 늘 소파에 맥없이 누워 있는 시간이 많았다. 누워서 자다 깨기를 반복하며 '일어나.'란 뇌의 명령을 거부했다. 등하교하는 아이들에게 껌뻑거리는 눈으로 인사해 줄 수밖에 없었다. 내게 가장 생기 없던 시간이었고, 몸이 제멋대로 움직였던 시간이다.

신나는 놀이터 무도회장

나는 97학번이다. 20세기의 클럽을 즐겼다. 이때는 클럽이라고 부르기보다는 속칭 '나이트'나 '무도회장'으로 통했다. 결혼하고 주부로 지내며 21세기의 클럽은 가 본 적이 없어서 그 분위기가 어떻게 바뀌었는지 모르겠다. 내가 다니던 무도회장의 모습을 기억해 보면, 무대 높은 곳에 DJ[3]가 있었다. 천장엔 레이저와 사이키 조명이 현란했다. 깜깜한 장소에 테이블

---

3   디스크 자키(disc jockey)의 준말로 라디오 프로그램이나 디스코텍 등에서 가벼운 이야기와 함께 음악을 들려주는 사람을 말한다.

마다 담당 웨이터의 명함을 끼워 둔 촛불 모양 라이트가 놓여 있었다. 라이트는 웨이터를 부르는 용도로, 즉석 만남을 신청하는 데 사용되었다. 테크노 댄스와 토끼 춤, 레게풍 댄스곡이 인기였던 90년대 말, 친구들과 다니던 무도회장, 나이트클럽의 기억이다.

　고등학교를 졸업할 때까지 모범생답게, 다소 심심한 학교생활을 했다. 대학은 신세계였다. 공부하고 싶은 과목으로 시간표를 짜고, 수업을 듣지 않아도 집에 연락하는 일은 없었다. 고등학생 때 책상 앞에 앉아서 보낸 시간을 보상받고 싶었던 것일까. 아빠의 통금 시간은 대학 가서도 있었으나 막차를 놓치기 전까지 원 없이 놀았다. 약방의 감초처럼 술자리에 빠지지 않았다. 음주, 가무가 즐거운 나였다. 사회성이 좋아 주변에 사람이 많았지만 남을 게 없는 시간이었다. 돌이켜 보면, 무도회장에서 신나는 음악에 맞춰 몸을 흔들던 때가 좋았다. 아픈 후 몸의 회복을 위해 운동을 댄스로 선택한 이유다. 지금도 하루에 한 시간, 나를 위해 땀 흘리는 댄스로빅(댄스+에어로빅)은 힐링이 되어 준다. GX-room(Group Exercise-room)은 현재 나의 무도회장이다.

멍 때릴 수 있는 자유
_료료

첫 만남은 계획대로 되지 않아

살롱 드 까뮤의 첫 만남은 생소함이었다. "안녕하세요. 저는 보드게임을 좋아하는 료료라고 합니다." 고개를 갸우뚱 기울이며 삐거덕거렸다. 예술 수업인데 보드게임은 웬 말이지? 속으로 말하며 까르르 웃음이 터져버렸다. 배경음악으로 투어스의 '첫 만남은 계획대로 되지 않아'가 자동 재생되는 듯했다. 보통날은 가족들과 거실 테이블에 둘러앉아 보드게임을 하면서 노래 듣는 걸 좋아했다. '참, 그림이랑 책을 좋아한다고 했었나? 좋아하는 음식이라도 말할 걸 그랬나? 좋아하는 영화는?' 늘 생각의 꼬리에 끌려 주의가 산만했다.

두 번째 만남은 난감함이었다. 상래 선생님이 내어 준 예술 작품에 대해 매주 한편씩 글을 적어서 공유했다. 수요일에 우리는 화상으로 만났다. 순서대로 호명하면 합평하고 싶은 사람이 마이크를 켰다. 합평은 글을 읽고 서로 의견을 주고받으며 비평하는 게 아니었나? 까뮤 회원들은 마치 약속이라도 한 듯 항상 다정한 말을 들려주었다. 까뮤의 취지는 그림을 보며 치유하고, 글쓰기로 성장하는 것이다. 나는 몰랐었다. 갈등 없이 그저 평온하기만 한 까뮤의 분위기에 쉽게 적응하지 못한 채 안절부절못했다. 새로운 세계에 호기심이 커져만 갔다.

녹색 소파와 검은 자유

수업이 없는 날은 메신저에서 대화를 나눴다. 실제로 만나지 않아도 같은 공간에서 이야기를 나누는 기분이었다. 그렇게 가까워졌다. 날씨, 그림, 좋아하는 취미에 대해 많은 이야기를 주고받았다. 그런 대화가 오가는 동안 나는 그림에 대한 상상의 나래를 펼치며 나의 내면으로 깊숙이 빠져드는 걸 좋아했다. 〈무도회가 끝난 후〉를 보며 머릿속 대화를 시작했다.

"너는 삶이 지루했던 거야. 부유하지만 퇴폐적이었고, 자유롭지만 권태로웠던 거야. 아름다운 시절[4], 화려한 검은 고양이[5]처럼 말이지." 그림 안으로 다가가 말을 걸었다. 여인이 대답했다. "최후의 시간이야. 녹색 소파에 기대어 멍 때리기로 마음먹었어. 나태한 균형 속에서 비현실적인 자유를 맛보면서 말이야."

---

4 사회, 경제, 정치가 모두 번성했던 시기로 프랑스어로는 벨 에포크(Belle Époque)라 불린다.
5 19세기에 등장한 프랑스 최초의 예술 카바레. 화가 루돌프 살리가 파리 몽마르트르 언덕에 세웠다.

여인과 짧은 대화를 하며 삶에 대해 생각했다. 최후가 가진 자유는 도대체 어떤 맛일까? 침울한 표정을 짓고 있는 녹색 소파는 어디에서 울고 있는 건 아닐까? 어디론가 숨어 버린 낭만은 어디에 있을까? 환상의 냄새는 자극적이었다. 상상을 입고 빛을 발하고 있었다. **나는 멍 때리기에 늘 자유로웠다.**

일상의 통증

나의 일상은 가족과 밀접하게 얽혀 있다. 결혼 후, 낯선 존재가 돼버린 채 18년을 살아왔다. 알을 깨고 나온 새끼 오리가 맹목적으로 어미 오리를 따르듯 한 가지 선택밖에 없는 일상을 지내왔다. 나는 어미 오리지만 도리어 새끼 오리처럼 남편과 아이들을 쫓아다녔다. 영혼이 묶여있기라도 한 것처럼 절실하게 굴었다. 오로지 나만이 그들의 아름다운 야경을 밝히는 조명이 될 수 있다고 믿었다.

일상의 통증을 느낀다. 녹색 소파에 쓰러져 아무에게도 답장하고 싶지 않은 시간이 있다. 나태한 나날은 평생을 두고 많았다. 검은 고양이의 가면을 쓴 여인이 다시 그려졌다. 까만 구두는 타인의 시선에 민감했다. 그리고 반짝였다. 가면무도회의 왈츠에 맞춰 춤을 춘다. 흘러가는 강처럼 그 시간을, 살아갈 이유를 찾아 나선다.

꿈을 꿨다. 여인의 손에 노란 책이 들려 있다. 열한 명의 에세이가 기록된. 깊고 깊은 바닷속에서 나타난 신비로운 습작 일기. 현실이란 세계에서 삶의 화려한 바람처럼 불어오는 꿈. 까뮈는 그랬다. 어디선가 분명 최선을 다해 자신의 깃발을 흔들며 존재할 거라 믿는다. 더불어 궤도를 돌아 내게 오는 다양한 먼지들처럼 우리는 만남과 이별을 반복할 거다. 그리곤 심해 속 스스로 호흡을 통제하고 조절할 수 있는 고래처럼 나는 멍 때리는 자유를 만끽하러 떠난다.

무대 아래에서 받은 응원

_유승희

치유 받은 상처

편안하게 소파에 누워 있는 그림 속 여인은 무대를 성공적으로 마친 듯 보인다. 그림을 한참 바라보다 문득 그녀를 응원한 이들이 느껴졌다. 근사한 무대는 주인공뿐만 아니라 보이지 않는 이들의 노력으로 준비된다. 연말 시상식을 보면 배우들이 늘 하는 감사의 말이 있다. 무대 밖에서 노력해 준 이들과 가족에 대한 감사 인사는 매번 들어도 감동적이다. 내가 감사 인사를 하고픈 사람은 우리 남편이다. 남편은 내 아픈 과거를 매번 안아 준다. 그는 중학교를 그만두고 혼자 도서관에서 공부한 나의 이야기를 한없이 들어 주었다. 그가 선물한 치유의 시간 덕분이었을까. 나와 비슷한 누군가에게 용기를 주고 싶어졌다. 드러내고 싶지 않은 내 아픔을 용기 있게 책으로 쓰고 싶어졌다.

중학교를 그만두고 영어를 배우며 아픔을 극복해 나갔다. 사람에게 상처

받아 학교까지 그만두었지만 나는 여전히 사람을 좋아했다. 사람과의 관계를 이어 주는 언어에 관심이 많았다. 여러 언어를 배워 세계 속 다양한 친구들을 사귀고 싶었는지도 모른다. 영어로 사귄 친구들의 사랑으로 반 친구들로부터 미움받던 십 대의 상처를 치유 받았다. 영어를 배워야 할 동기를 쉽게 찾지 못하는 사람들과 나의 영어 성장기를 나누고 싶다. 십 대 시절의 나와 같은 상황에 놓인 청소년들에게 도움이 되는 책을 쓰고 싶다. 하지만 마음 한편으로는 두렵다. 아픔을 꺼내면 누군가가 나를 조롱하지는 않을까. 두려움이 나를 에워싼다. 그럼에도 나는 용기를 내본다.

남편은 유모차를 밀면서도 독서하는 사람이었다. 내가 책을 쓴다고 한 날, 그는 한껏 신이 난 표정이었다. 눈높이에 모니터가 있어야 목이 아프지 않다며 노트북 거치대를 설치해 주었다. 며칠 뒤에는 타자 소리가 좋다며 90년대 학교 컴퓨터실에 있을 법한 키보드를 연결해 주었다. 예쁜 마우스도 건넸다. 프린터기도 무선으로 연결해 주었다. 내가 책을 쓴다는 것, 그에게 어떤 의미일까. 평소 질문이 많은 나지만, 묻지 않았다. 남편이 온전히 즐거워할 수 있도록 두었다. 어느새 나는 조용한 그와 닮아간다. 부부는 서로 닮아가나 보다. 영화 보는 중간중간 말 거는 그를 보니 웃음이 난다. 신혼 초, 이야기하며 영화 보던 내게 남편은 웃으며 말했다. "미안하지만, 영화에 집중하게 조금만 조용히 해 줄래?" 그 말을 내가 하는 날이 올 줄이야.

꽃게 상자

무대 아래에서 오랫동안 나를 응원해 준 사람은 우리 가족이다. 무언가에 도전하면 와자지껄하게 잘될 거라고 말해 준다. 꽃게를 상자째 사 와 큰 솥에 쪘다. 갓 쪄낸 통통한 꽃게를 식탁 가득 올려두고 응원하는 날이 많았다. 결과를 기다리는 일은 긴장의 연속이지만 시끌벅적한 시간을 보낸다. 결과가 안 좋은 날도 많았다. 하지만 배불리 먹어 둔 꽃게 덕분인지 긍정적인 마음이 자리 잡았다.

"결과가 좋지 않으면 어떻게 하려고 미리 축하해?" 남편은 이런 분위기가 낯선 모양이었다. "처가에 가면 각기 다른 이야기를 동시에 할 때가 있는데, 어떻게 반응해야 할지 모르겠어." 자연스럽게 대화하는 영어권 사람들의 언어 습관과 친정 식구의 대화 방식은 묘하게 닮아 있다. '밀물 썰물 대화법'이라는 이름을 붙여, 영어 강연할 때 소개하기도 한다.

남편은 『시크릿』과 연관 지어 긍정적으로 미래를 말하는 친정 식구를 이해하기 시작했다. 결과를 기다릴 때마다 예민하던 그가 전보다 편안해 보인다. 나의 아픔을 보듬어 준 그에게 나 또한 좋은 영향을 줄 수 있어서 다행이다.

아들의 소원

라몬 카사스 그림 속 여인의 옷이 아름답다. 강사에게 외모 경쟁력은 중요하다. 외모를 잘 관리하면 상대의 호감을 얻을 수 있다. 하지만 몸매를 가꾸는 일이 쉽지 않다. 4살 아들은 엄마가 운동하기를 바란다. "엄마 오늘 예쁘다. 날씬해지면 더 예쁠 거야. 오늘 운동 언제 할 거야?"

4살 아들은 날씬했던 내 과거 사진을 보며 그 모습이면 좋겠다고 했다. 내 배를 눌러보며 "오늘은 뱃살이 좀 들어갔으려나."하고 확인한다. 멋진 몸매를 가진 엄마가 되고 싶어졌다. "오늘 운동하고 왔어!"라고 말하면 아이 두 눈이 반짝인다. 6개월 동안 총 9kg을 감량했다. 날씬한 엄마를 그리는 아들의 소원을 들어주고 싶다.

오늘도 나는 가족의 응원을 받고 강단에 올라선다.

2관

사랑하고 싶은 날

휴 골드윈 리비에르
: 애틋한 당신

휴 골드윈 리비에르(Hugh Goldwin Riviere 1860~1956)
<에덴의 정원(The Garden of Eden)> 123×94, 1901

내가 너를 사랑하는 것은
너의 재치나 재능이나 아름다움 때문이 아니라,
아무런 조건 없이 네가 너이기 때문이다.

_『왜 나는 너를 사랑하는가』, 알랭 드 보통

소울메이트

_김상래

그때 만났더라면

매일 그림과 마주한다. 아무런 정보 없이 무연히 바라볼 수 있는 그림들을 찾곤 한다. 그러다 보면 반복적으로 머릿속에 맴도는 그림이 생긴다. 휴 골드윈 리비에르의 〈에덴의 정원〉이 그런 그림이었다. 남편과 내가 시절을 거슬러 더 일찍 만났더라면 어땠을까? 머리 위 나뭇가지에 맺힌 빗방울을 무심코 맞아가며, 그의 손을 잡고 서로의 수업이 끝난 후, 우리가 정해놓은 장소에서 만나자고 했다면? 부족한 것투성이던 유학생의 결핍을 우리가 서로 보듬고 채워줬다면 어땠을까. 새벽 향기, 스산한 바람, 축축한 비 내음, 주변의 움직임, 얼굴에 한두 방울 맞은 비의 촉감이 실제로 나에게 있었던 것만 같다. 우리에겐 있지도 않은 추억인데 마치 실제처럼 생생하게 전달되었다.

언제부터인가 연애편지를 주고받지 않게 되었다. 단순하고도 단조로운 날들이 반복적으로 쌓여만 간다. 하지만 지금의 시간도 지나온 모든 순간 못지않게 아름다움을 지녔으리라. 사랑의 진실은 단순한 형태가 아닌 다양한 상황 속에서 드러나기 마련이다. 수없이 변화하는 시간 속에서 서로의 존재를 진심으로 사랑하고 이해한다는 것은 어렵고도 힘든 일이다. 어쩌면 있지도 않은 시절을, 그림을 통해 마치 있었던 것처럼 그리워하는 것은 내가 그를 기억하고자 하는 여러 사랑의 형태 중 하나일지도 모른다. 새벽녘 서로의 길을 가기 전, 내 호주머니에 모르게 찔러 넣은 예이츠의 「하늘의 천」이라는 시를 나중에야 읽고서 다음 날 더 굳세게 손을 잡아 주고 더 맑은 눈빛으로 그를 보내는 상황을 상상한다. 우리가 그때 만났더라면 그런 추억 하나쯤 가질 수 있었을 텐데. 시의 내용을 보면, 금빛과 은빛으로 짠 하늘의 천이 있다면 그 천을 사랑하는 이의 발밑에 깔아 주고 싶지만, 가난하여 가진 것은 꿈뿐이라 그 꿈을 상대의 발밑에 깔았으니, 하늘의 천 대신 자신의 꿈을 사뿐히 밟으라는 아름다운 내용의 시이다. (예이츠의 시는 실제로 연애 때 편지에 적어 주었던 내용이다.)

당신의 눈빛이 그리울 때

몇 해 전부터 사극을 찾아서 본다. 드라마 '달의 연인'은 이하이의 '내 사랑'이라는 노래를 우연히 듣고 찾아보게 된 케이스다. 츤데레 광종 앓이를 한참이나 했고, 밤마다 드라마 주제곡을 들으며 눈물을 흘리기도 했다. '옷소매 붉은 끝동'은 후궁이 되기보다는 자신의 삶을 살아가고자 했던 덕임과 나랏일이 우선일 수밖에 없는 이산(정조)의 밀당 로맨스로, 종종 찾곤 한다. 최근에는 '밤에 피는 꽃'이라는 판타지 사극을 정주행했다. 보호본능을 일으키는 눈빛이지만 어딘지 모르게 듬직한 수호와 외계인 같은 여화의 매력에 빠졌었다.

드라마를 특별히 좋아하는 편은 아니었다. 영상을 봐야 한다면 영화를 선호하는 쪽이었다. 그런 내가 로맨스 사극을 보며 가슴 설레게 된 이유가 있다. 남편은 무심한 척 챙기는 스타일이다. 속 깊은 사람이라 겉으로 내색을 안 하면서도 알게 모르게 챙기는 타입 말이다. 말없이 묵묵히 상대방의 마음을 잘 읽는 편이라고 해야 할까. 그런 우리가 마주 앉거나 걸으며 눈빛을 교환할 일이 별로 없어졌다. 연애 때 주고받았던 따뜻한 눈빛을 사극의 비슷한 캐릭터를 통해 대리만족하는 셈이다. 자꾸만 사극을 찾아보는 데는 그런 이유가 있다.

우리의 상황을 미워하거나 원망하진 않는다. 그저 저녁 식사라도 같이할 수 있는 시간이 생기길, 주말이면 집 앞 산책이라도 할 수 있기를. 매일 새벽에 나가 밤늦게 퇴근하는 남편의 모습을 보면 안쓰럽기만 하다. 휴 골드윈 리비에르의 〈에덴의 정원〉을 들여다보고 있으면 나도 모르게 눈물이 난다. 출근길, 손 한번 따뜻하게 잡아 줄걸. 비 오는 날 우산 한번 챙겨줄걸. 족저근막염으로 고생하는데 발에 꼭 맞는 신발을 사 줄걸. 하면서 말이다.

아이의 소울메이트

'내가 남편과 더 일찍 만났더라면' 하는 얘긴 연애 때 서로 주고받던 말이다. 우리가 서로에게 소울메이트가 된 것처럼 아이에게도 언젠가 영혼의 반려자가 생길 것이다. 제법 따뜻한 성품을 타고난 아이, 수줍음이 있지만 정의감이 살아 있고, 친구들의 말에 공감을 잘해 주는 우리 아이는 어떤 사람과 소울메이트가 될까. 누가 우리 아이의 손을 잡고 투명한 눈으로 바라봐 줄까. 우리보다는 조금 더 적절한 시기에 큐피드의 금빛 화살을 맞고 사랑의 싹을 틔워 가면 좋겠다. 비가 추적추적 내리는 영국의 어느 공원 앞, 어두운색의 바바리코트를 입고서 한 손에 우산을 들고 있는 믿음직한 아이를 떠올려 본다.

그가 바라본 그녀의 얼굴

_료료

꼴통의 어린 나비

2005년 9월 태풍 '나비'가 휘몰아쳤다. 먹구름의 장막이 잿빛 하늘을 뒤덮어 강의실 창문까지 사정없이 흔들고 있었다. 그날은 동기 언니와 전공 수업이 있었다. 쏟아지는 빗소리를 듣는 순간 도저히 가만히 있을 수 없다며 동시에 입을 열었다. 재빨리 강의실에서 탈출할 준비를 했다. 그걸 본 몇몇 선배들은 혀를 찼다. 나는 과에서 몇 안 되는 조용한 꼴통이었다. 우리는 자체 휴강을 했다. 버스를 타고 부산대역으로 가기로 했다. 부산 시내버스를 타 본 사람이라면 다 안다. 특히 버스가 속도를 내며 굽은 도로를 돌 때 주의해야 한다. 버스에 서슴없이 몸을 맡겨야 한다. 놀이기구 중에 범퍼카를 탄다고 생각하면 괜찮을지도 모른다.

버스에서 내리자마자 거센 폭풍우에 뒤엉킨 머리카락이 기가 막혔다. 서로의 얼굴을 마주 보았다. 빗물에 흠뻑 젖은 옷과 양말이 우스꽝스러워 잔뜩 들떠 버렸다. 어느새 허기가 진 우리는 따뜻한 국밥을 위해 식당으로 재빨리 발걸음을 옮겼다. 대학 생활 내내 즐겨 먹었던 식당이었는데 좋아하던 그 맛이 아니었다. 국밥이 예전 같지 않았다. 설렘의 한도는 정해져 있는 걸까? 들뜬 마음에 욕심을 부린 걸까? 그래도 집에 돌아가기는 아쉬워 만화방으로 갔다. 만화책도 눈에 들어오지 않았다. 결국 집으로 가려고 드디어 밖을 나섰다. 세기말의 문이 열릴 것 같은 날씨였다. 거대한 강풍과 폭우가 거리를 훑으며 쓸어갔다. 대형 간판과 현수막이 바닥에 떨어지거나 건물에 걸려 아슬아슬한 모습을 했다. 하수구는 그동안 쌓아왔던 것을 모두 뱉어 내듯 역류해 흘러넘쳤다. 거리에 사람들은 서둘러 사라졌다. 동기 언니는 우연히 만나 잠시 인사를 나눈 사람처럼 휙 버스를 타고 떠나 버렸다.

노란 승차권과 볼펜

홀로 지하철을 타러 가는 길이었다. 태풍에 맞서다가 장렬하게 생명을 다한 우산을 기억한다. 패배를 인정한 그 녀석은 볼품없이 여러 갈래로 뒤집혀 버렸다. 쉴 새 없이 내리치는 비바람에 나의 하체마저 버티지 못하고 길가 웅덩이에 철퍼덕 미끄러져 버렸다. 프랑스 현대 미술가 필립 파레노의 〈리얼리티 파크의 눈사람〉처럼 녹아내린 흙탕물에 털썩 주저앉은 모양새였다. 서로의 취향이라도 읽은 듯 흙과 빗물은 극단적 재미주의자처럼 씩 웃으며 양말의 감정을 흠뻑 적시고 있었다. 뉴스에서도 외출을 자제하라 했었다. 수업도 쨌다. 무사히 집에 갈 수 있겠지? 이제야 조급해진 마음으로 지하철에 들어서게 되었다. 앉을 자리는 많았지만, 옷이 젖어서 앉을 수가 없었다. 열리지 않는 문 옆으로 기대어 서서 일기를 적고 있었다.

아무 생각 없이 고개를 들어 올리자 홀딱 젖은 그와 눈이 마주쳤다. 바지는 발목 위로 정갈하게 잘 접혀 있었고, 머리에는 알 수 없는 거품이 올라앉아 있었다. 나중에 듣기로 머리에 왁스를 바르고, 비바람에 맞서다가 홀딱 젖어서 거품이 생겼다고 했다. 당시 내게는 생각과 동시에 행동으로 실천하는 병이 있었다. 가방에 있는 휴지를 바로 그에게 건네주었다. 무엇을 하고 있는지 인지하기도 전에 말이다. 이 사건을 두고서 여러 사람들은 "네가 먼저 작업을 걸었네."라고 말들을 한다. 그저 들고 있던 건 반가움의 휴지였을 뿐이었다. 하지만 휴지를 주고 깨달았다. 뭔가 잘못되어 가고 있다는 걸 말이다. 멈추었던 일기를 다시 적으려 했지만, 처음과 달라진 감각은 외부에 걸려들고 말았다. 그 시선이 나를 무섭게 따라붙고 있다는 걸 감지했기 때문이다. 아뿔싸, 이상한 사람에게 휴지를 준 거 아닐까? 알지도 못하는 조상의 조상 옆집 조상의 제사까지 지내라고 하는 거 아니겠지? 후회가 밀려드는 찰나 그가 손가락 끝으로 나를 두드렸다.

살짝 놀라 그의 눈을 바라보니 휴대전화 액정으로 문자를 찍어 보여 주었다. 그는 나의 연락처를 물었다. 뜬금없었지만 웃으며 번호가 없다고 대답했다. 자유로운 영혼이고자 휴대전화를 사용하지 않던 때였다. 네이트

온, 세이클럽, 싸이월드 등등 여러 가지를 물어보았다. 정말 아무것도 없었다. 고민하며 머뭇거리는 그에게 블로그는 한다고 말해 주었다. 그는 잠시 눈을 번뜩이더니 지하철 노란 승차권과 볼펜을 나에게 내밀었다. 블로그 이름을 적어달라는 듯했다. 잘 안 나오는 볼펜을 쥐고선 꾹꾹 눌러가며 '료'라고 적어 주었다. 그는 승차권을 돌려받고는 이렇게 말했다. 사실 한참 전에 친구와 약속했던 장소를 지났다고 말이다. 블로그에 꼭 찾아오겠다는 인사를 남기며 지하철에서 먼저 내렸다. 그 남자는 이 모든 대화를 휴대전화 액정으로, 난 직접 말로 끝마쳤다. 얼떨한 마음으로 집에 갔던 그날이 떠오른다.

돌고래군은 뻔하지 않았다

그림 속에서 정원을 산책하는 그와 그녀를 바라봤다. 나와 돌고래군의 첫 만남이 떠올랐다. 빗길을 헤치며 거슬러 오는 긴장과 동시에 흘려서 들어오는 그의 몸짓. 어떤 무언가도 놓치지 않으려는 그녀의 눈망울과 미소에서 '나의 어린 나비'를 보았다. 환하게 빛나는 둘의 세계에 열광했다. 청순한 검은 배경이 20대 젊은 시절을 기억하게 했다. 돌고래군은 뻔하지 않았다. 꾸미지 않은 자연스러움이었다. 지나치게 멋 내지 않고, 반듯하게 접혀 있는 바지가 아니었더라면 과연 우리는 어떻게 됐을까. 다음 연락이 왔을 때 그에게 말해 주었다. 머리 위에 거품을 올려놓고 있던 그의 모습을 보고 떠오른 그 이름을.

"이제부터 당신의 이름은 돌고래군이에요."

내가 지어 준 남편의 첫 번째 이름이었다.

사랑의 색 그리고 시간

_박숙현

사랑, 찰나의 시간

그림 속에는 사랑스러운 눈빛의 여인과 그녀를 바라보는 한 남자가 서 있다. 그래서인지 남자 주인공의 얼굴을 상상하게 된다. 그들의 옷을 보면 계절을 알 수 있다. 긴 코트와 여자가 낀 장갑을 보니 추운 겨울임을 유추할 수 있다. 그녀의 밝은 피부색은 검정 드레스와 대비되어 발그스레한 볼이 더욱 사랑스럽다. 두 사람이 쓰기엔 충분해 보이는 검은색 우산이 남자의 손에 들려 있다. 걷기 좋게 비가 멈춘 모양이다. 그들에게는 비 따윈 아무 상관이 없어 보인다. 사랑은 오롯이 서로에게 몰입하게 만드는 감정인지도 모른다. 도파민이라는 사랑의 물질은 본능에 충실하게 만드는 호르몬이라고 한다. 나무에 앙상한 가지만 남아 있는 인적이 드문 공원의 이 연인들처럼 말이다. 그림 속에서 화가는 어떤 메시지를 전하고 싶었을까?

서로를 사랑하는 찰나? 아니면 유럽 사람들의 일상? 화가의 의도가 어찌 되었든, 그림의 주인공은 사랑의 순간을 즐기는 연인이다. 누군가는 더 사랑하게 마련인 사랑이란 감정은 더욱 애틋하고 때론 아프기도 하다. 그래서 사랑을 달콤한 유혹에 비유하기도 한다. 그래도 오직 연인들만 주고받을 수 있는 사랑을 느끼는 것은 축복일지도 모른다. 왜냐하면 인간이 느끼는 사랑에는 동물들이 느낄 수 없는 연민의 감정도 포함되기 때문이다. 연민의 감정을 느낀다는 건 고통을 함께한다는 뜻이다. 사랑하는 사람과 함께라면 무엇이 두렵겠는가?

무채색은 은밀함이 포함된 색이다

유럽에 사는 동안 제일 많이 입었던 옷은 바람막이 비옷이었다. 이 그림을 그린 리비에르의 나라 영국에서도 가을부터 겨울 그리고 이듬해 부활절까지 늘 비옷이 평상복이었을 것이다. 변덕스러운 날씨만큼이나 속을 알 수 없는 영국 사람들의 문화를 잘 대변하는 무채색은 색깔이라기보다는 빛의 높낮이를 표현한 색감이다. 빛이 밝으면 흰색, 빛이 어두우면 검은색이라는 뜻이다. 영어로는 색깔을 뜻하는 'color'에 '무언가가 없다.'라는 뜻의 'without'이나 '무언가가 적다.'라는 뜻의 'less'를 붙여 'without color' 또는 'colorless'라고 표현한다. 무채색이란 참으로 무엇을 알 수 없게 만드는 색인 것 같다. 검은색 긴 패딩을 즐겨 입는 한국 청소년들을 보며 검은 이불을 둘둘 말고 정체를 숨기는 좀비 같다는 생각을 한 적이 있다. 자신을 최대한 숨겨야 하는 이들 말이다.

그림 속 남녀의 의상도 검은색이다. 그들의 은밀하고 비밀스러운 이야기를 담기에 이만한 색이 또 있을까? 무채색의 색감은 차분하고 조용하기도 해서 사람의 마음을 성스러운 공간으로 데려가기도 한다. 성직자들의 의복이 검은색인 데도 충분한 이유가 있다. 검은색은 자신들만의 세상에 누구도 초대하고 싶지 않다는 마음이 담긴 색 같다는 생각도 들었다. 안개 낀 날씨도 숨어들기엔 안성맞춤이 아닌가? 두 사람이 나누는 은밀한 사랑의 속삭임에 관한 드라마 예고편을 보는 듯한 느낌도 들었다.

가장 젊은 찰나를 기록하는 화가

휴 골드윈 리비에르는 영국의 유명한 초상화가다. 그의 아버지 브리튼 리비에르도 동물 그림으로 유명한 작가였다. 그의 작품들을 찾아보면, 유명한 학자들과 상류층 사람들의 초상화가 많다. 아버지도 인물과 동물을 주로 그린 화가여서 그런지 이들은 인물화를 묘사하는 능력이 뛰어났다.

초상화라는 특수한 장르 때문인지 그의 작품에는 실내에 앉아 있는 인물이 많다. 마치 유명한 사진 작가가 사진관에서 찍은 프로필 사진 같은 느낌이 들 만큼, 표정이 잘 묘사되어 있다. 작품을 의뢰한 사람들의 찰나를 포착한 기록이랄까? 그들의 요구를 들어주는 데 많은 공을 들였겠지만, 고객의 가장 젊은 날을 기록하는 기록자의 역할을 제대로 한 작가이기도 하다. 배경을 최소화하고 인물에 온전히 집중하며 그려 낸 작품에는 사람에 관한 이야기가 있다. 그림의 주인공들이 앉은 의자의 방향, 그들이 차려입은 고급스러운 옷과 소품에는 모두 주인공의 취향이 담겨 있다.

 이제는 영상을 찍거나 사진을 찍는 것이 일상적인 일이 되어 버렸다. 그런데도 프로필 사진을 찍기 위해 사진관에 가는 이유를 생각해 보았다. 나보다 나를 더 잘 기록할 수 있는 사람을 찾는 건 아마도 인간의 욕망 때문인 것 같다. 찰나에 사라질 순간일지라도 말이다. 두 장르의 공통점은 한 사람의 기록물이라는 것인데, 내면을 들여다보는 데 이만한 것이 또 있을까? 거울 속 자기 모습을 들여다보는 것보다 오히려 더 깊숙한 내면을 살펴볼 수 있는 것 같다는 생각이 든다.

그대와 함께 걷는 길

_이지연

당신이 생각나는 밤

그림은 보는 사람에 따라 다르게 다가온다. 어떤 마음으로 그림을 보느냐에 따라 가슴이 벅차기도, 가슴이 미어지기도 한다. 나에게 이 그림이 그랬다. 그림 속 남자를 바라보며 사랑스럽게 웃고 있는 여자는 나 같았다. 행복해 보이면서, 슬퍼 보였다. 그대를 바라보고 있는 나는 행복해 보였고, 그림 밖에서 그 그림을 쳐다보고 있는 나는 마음이 아렸다. 왜 마음이 동하였을까? 이 그림을 보면서 한 사람이 생각났기 때문이다. 휴대전화기에 짝꿍이라고 저장된 단 한 사람, 바로 나의 남편이다.

19년 전 그를 만난 건 어느 추운 겨울이었다. 서점에서 받았다며 나에게 건넨 탁상용 달력이 우리의 시작이 되었다. 몇 번의 어색한 만남 이후 우리는 연인이 되었다. 연애가 서툴던 우리는 주로 차 안에서 라디오를 들으며 데이트했다. 그 시절, 나는 커피 한 잔이면 충분했다. 흔히들 마시는 비싼 커피도, 화려한 데이트도 아니었지만, 그와 함께 이야기 나누며 마시던 그 커피가 참 좋았다. 소박한 연애와 결혼 후 쌍둥이를 낳고 키우면서 우리는 행복이라는 단어에 점점 다가가고 있었다. 그는 남편으로서 아빠로서 최선을 다했다.

그러던 어느 날, 우리 앞에 생각지도 못한 일이 일어났다. 남편이 아프다고 했다. 우리는 가벼운 등 통증이라고 생각했는데 의사는 췌장암이라고 했다. 생존율이 낮아서 좀처럼 낫기 힘들다는 그 췌장암. 그는 건강했고 운동도 열심히 하던 사람이었기에 암에 걸렸다는 사실을 받아들이기 힘들었다. 의사는 암이 상당히 커서 수술이 힘들 수도, 남편에게 남아 있는 시간이 얼마 없을 수도 있다고 했다. 이제 좀 인정받고 살 만해졌다는 그 순간에 우리는 주저앉고 말았다. 믿고 싶지 않았다. 앞이 캄캄하고 어디로 가야 할지 막막했다. 아이들이 어려 나의 손길이 절실히 필요한 때였으나, 나는 남편을 부여잡고 울기만 했다. 사흘 밤낮을 울다 내가 할 수 있는 건 기도뿐이라는 생각이 들었다. '하나님은 감당하지 못할 시련은 주시지 않는다.'라는 성경 말씀을 의지하며 우리는 함께 기도했다. 기도의 힘이었을까? 남편은 그 힘든 수술과 항암과 방사선 치료를 잘 견뎠다. 3년의 투병은 때때로 우리를 지치게 했지만 우리는 잘 버텼고 잘 견뎠다.

되찾고 싶은 사랑의 시간

암과의 사투에서 끈질기게 버티고 버텼던 그는 결국 우리 곁을 떠났다. 그를 보내고 나는 한동안 그의 체취를 찾으려고 부단히 노력했다. 그가 입던 옷. 모자와 목도리. 그 어느 곳에서도 그를 찾지 못했다. 장례가 끝난 후, 그가 쓰던 이불과 베개를 어머니 집에 넣어 버린 것이 못내 아쉬웠다. 그의 체취를 느낄 수 있는 확실한 물건들을 왜 어머님께 건넸는지 모르겠다. 주인 없는 물건을 가지고 집으로 가는 것이 두려웠을까?

나는 얼마나 집안 곳곳을 헤매고 다녔는지 모른다. 혹시라도 남아 있을 그의 체취를 찾고 싶어 한동안 남편의 방을 서성였다. 그러다 남편의 안경과 이어폰이 든 지퍼 백을 발견했다. 그곳에서 그토록 애타게 찾던 남편의 살냄새를 맡을 수 있었다. 그의 냄새였다. 더는 맡을 수 없는 그의 살냄새였다. 지퍼 백에 담긴 남편의 냄새가 날아갈까 나는 손가락으로 지퍼 백의 입구를 얼마나 누르고 눌렀는지 모른다. 혹시나 남편의 냄새가 새어 나갈까, 그 냄새가 없어질까 두려워 더는 열어 보지 못했다.

그리운 당신 얼굴

'그대여 그대의 얼굴을 한 번만 보여 주시오 내 그대를 자주 만날 수는 없지만, 만나는 순간만큼은 나에게 당신의 얼굴을 보여 주시오'
꿈에서 내가 그에게 늘 하는 말이다.

그를 꿈에서라도 꼭 보고 싶었다. 더 이상 아프지 않은 그의 얼굴을 보고 싶었다. 나지막한 목소리로 나를 사랑한다고 말해 주는 그가 보고 싶었다. 그러나 그는 얼굴조차 보여 주지 않았다. 남편이 있다는 곳으로 달려가면 그는 떠나있었고, 쫓아가면 또 저만큼 멀어져 갔다. 가면 사라지고, 가면 사라지고, 그날 밤 나는 그를 만나기 위해 얼마나 열심히 달렸는지 모른다. 꿈이었지만 얼굴을 보여 주지 않는 남편이 못내 서운했다.

잠들지 못하는 이 밤, 그가 한없이 보고 싶은 날 나는 간절히 기도한다.
그대여, 오늘은 당신의 얼굴을 한 번만 보여 주시오

사랑이 머무르는 곳

_전애희

영국 신사

보슬보슬 비가 내리던 날, 길에서 첫째 아이의 친구를 만났다. 비에 젖어 축축해진 옷을 입고 지나가는 아이에게 인사를 건네며 나와 함께 우산 쓰고 가자 했다. 이 정도 비쯤은 괜찮다며 영국 사람들은 이런 비에 우산을 쓰지 않는다는 이야기를 덧붙였다. 아이는 살짝 미소를 보이며 의기양양하게 자기 갈 길을 갔다. 조금 당황했지만, 아이의 재치 있는 답변에 웃음이 나왔다. 며칠 뒤, 당당히 비를 맞으며 갔던 아이의 엄마와 마주쳤다. 아이와의 대화 내용을 들려주었더니, 아이 엄마는 한바탕 크게 웃었다. 영국 여행을 다녀온 후 멋이 들었는지, 비 오는 날에도 우산을 잘 안 쓴다며 아들의 행동에 대해 설명해 주었다.

영국은 겨울에도 눈 대신에 소나기가 내릴 정도로 비가 자주 오는 나라다. 한국의 장맛비처럼 많은 양이 내리지 않기에 영국 사람들은 아이의 이야기처럼 우산을 잘 쓰지 않는다고 한다. 휴 골드윈 리비에르의 〈에덴의 정원〉 그림 속 남성의 뒷모습에 눈길이 갔다. 내가 떠올리는 영국 신사가 바로 여기, 그림 속에 있었다. 정장을 멋지게 차려입고, 머리에는 모자를 쓰고 손에는 장우산을 들고 있는 그의 뒷모습은 영락없이 영국 신사였다. 안경알 없는 안경처럼 비록 멋내기용 우산일지라도 내 눈에는 멋져 보였다. 영국 신사의 뒷모습에 이 정도 비쯤은 괜찮다 하던 아이의 모습이 오버랩되었다.

눈빛 교환

그는 집으로 돌아오는 길일까 아니면 떠나기 전일까? 그녀는 마중 나오는 길일까 아니면 배웅하러 나온 길일까? 손을 맞잡고 서로의 눈을 마주치는 두 사람에게서 애정이 흘러넘친다. 그의 뒷모습에서 그녀를 향한 따스한 눈빛이 느껴진다. 그들의 눈빛 교환으로 앙상한 나뭇가지에 맺힌 물방울이 보석처럼 빛났고, 잿빛 세상이 환해졌다. 서로를 향한 눈빛이 세상 그 어떤 말보다도 큰 힘을 지녔음을 느낄 수 있었다.

상대방의 눈을 바라보며 이야기를 나눈다는 것은 상대에게 관심과 사랑이 있다는 뜻이다. 나 또한 사랑하는 아이들과 눈빛을 교환하며 대화하길 바란다. 하지만 사춘기라는 터널을 지나고 있는 아이들과 서로의 눈을 마주 보며 이야기하는 것은 쉽지 않다. 특히 중학교 2학년 아들과 이야기를 나누다 보면 생각지도 못한 나와 마주하게 된다. 점점 좁아지는 마음, 울긋불긋해지는 얼굴, 가시 돋친 말투에 서로 상처를 주고받고 있음을 뒤늦게 느낀다. 그렇기에 아이와 관련된 중요한 결정을 내리거나 아이를 설득해야 하는 상황이 되면 더 많은 고민을 하게 된다.

우선 심호흡을 하고, 내 안에 있는 십 대 사춘기 아이를 불러온다. 내가 던진 질문에 나올 여러 가지 반응을 예상해 보고 그에 따른 대화 내용을 생각해 본다. 마음의 준비가 어느 정도 되면 내 마음을 열고, 최대한 유쾌한 대화가 이루어지길 바라며 한마디 건넨다. 야속하게도 돌아오는 것은 '싫어! 아니! 몰라!' 3종 세트처럼 짧은 대답이나 침묵일 경우가 많다. 떼굴떼굴 머리를 굴려 본다. 아이가 좋아하는 먹거리나 관심사를 살짝 곁들여 대화를 이어 본다. 아이가 관심을 보이면 슬쩍 다음 주제로 넘어가며 대화를 유도한다. '휴, 1단계 넘었군.' 속으로 진땀나는 상황이지만, 세상만사 귀찮고 모든 것에 툴툴대기 바쁜 아이가 무척 귀여워지는 순간이기도 하다. 대화를 이끌어나가기 위한 나의 열정적인 눈빛은 어느새 그림 속 부인처럼 '사랑 가득한 눈빛'으로 바뀐다.

결국, 사랑

지난겨울 스키장에 가는 차 안에서 아이들과 나눴던 대화가 떠오른다. 감미로운 러브송이 흘러나오자, 사춘기 아들이 "아! 우리나라 노래

70% 이상이 사랑 노래야." 탄식하며 이야기했다. 문득 궁금해진 나는 왜 사랑 노래가 70% 이상일까 물어보았다. 아이는 한숨을 쉬며 아이디어가 없어서 그런다며 짧게 대답했다. 때마침 남녀 혼성그룹 거북이의 노래 '비행기'가 흘러나왔다. 오빠와 엄마의 대화를 듣고 있던 둘째가 "오빠, 이건 사랑 노래가 아닌데!"라고 말했다. 동생의 한마디에 첫째 아이는 "응. 옛날에는 다른 노래들이 많았는데 아이디어가 고갈돼서 그런 거야."라며 맞받아쳤다. 난 피식 웃으며 사랑 노래 아닌 다른 주제의 가사를 써보면 어떨지 제안을 해 보았다. "우리나라에서 창작을 제일 잘하는 사람도 사랑 노래를 만드는데, 내가 어떻게 다른 노래를 만들 수 있겠어?" 선을 긋는 답변에 웃음만 나왔다.

아이의 이야기처럼 우리나라뿐 아니라 세상에는 '사랑'을 주제로 한 노래가 많다. 그만큼 우리에게 사랑은 특별한 감정이다. 나를 시작으로 나와 연결된 모든 것들을 연결 지어 주며, 삶의 의미를 갖게 해 준다. 사랑이라는 감정에 의무를 부여한 신학자 폴 틸리히는 "사랑의 첫 번째 의무는 상대방에 귀 기울이는 것이다(The First duty of love is to listen)."라고 했다. 사랑하는 사람에게 귀 기울이며 이야기를 들어보자. 서로의 마음을 이해하려고 노력해 보자. 그 사랑은 믿음이라는 단단한 마음과 함께 더 나은 관계를 만들어 갈 것이다. 휴 골드윈 리비에르는 〈에덴의 정원〉을 통해 우리에게 사랑의 방법에 관해 이야기하고 싶었던 것 아닐까? 잠시 사랑하는 가족을 바라보았다. '사랑하는 가족과 함께하는 이곳이 바로 에덴의 정원이구나!' 생각하자 흐뭇해졌다. 가족과 함께 나누는 모든 것들이 내 마음속에 들어와 소풍을 즐기는 듯했다. 지금, 이 순간도 자기만의 세상을 만들어 나가는 사춘기 아이들에게 사랑의 눈빛을 보내 본다.

칼 블로흐
: 섬세한 두드림

칼 블로흐(Carl Bloch 1834-1890)
<일광욕 후, 어부의 창문을 두드리는 어린 소녀(After the Bath. A Young Girl Knocking at the Fisherman's Window)>
45.5×32.5, 1884

함께 있을 때만 견뎌지는 결여가 있는데,
없음은 더 이상 없어질 수 없으므로,
나는 너를 떠날 필요가 없을 것이다.

_『정확한 사랑의 실험』, 신형철

아빠, 그 안에 있어요?

_김상래

'아버지'라는 이름

"아부지가 제게 세상에 태어나 무엇이 되는 것보다 무엇을 하는지가 더 중요하다고 내내 눈으로 몸으로, 삶으로 얘기해 왔다는 걸 아주 조금씩 천천히 깨달아 가고 있어요."

- 드라마 '인간 실격' 중에서

드라마 '인간 실격'을 보게 되었다. TV가 없는 집이다 보니 평소 드라마 볼 일이 드문 편이다. 그런 내가 이 드라마를 선택한 이유는 평소 좋아하는 류준열의 흑백 포스터 때문이었다. 내가 선호하는 장르의 드라마 같아 보이진 않았지만, 흑백사진에 끌려 드라마를 보기 시작했다. 보는 내내 내 안에 깊이 숨겨 놓았던 우울한 마음과 만나게 되었다. 여주인공 부정과 남주인공 강재의 사랑 이야기보다는 그들이 나지막이 읊조리는 독백의 아버지에 초점이 맞춰졌다. 며칠 두통에 시달리며 복잡한 심경이 된 나는 드라마

대본집까지 구매하게 되었다.

나는 통창에 햇살이 가득 들어오는 남향집을 좋아한다. 집에서도 커튼을 활짝 열어 두는 편이고 되도록 햇살 가까운 곳에서 글을 쓴다. 나는 북유럽의 추운 기온보다는 지중해를 끼고 있는 스페인이나 이탈리아 날씨를 사랑한다. 여행지로 오키나와나 모로코, 튀니지를 선택하는 내가 킹스 오브 컨비니언스 같은 노르웨이 가수의 음악을 좋아하는 이유에 대해 생각해 보았다. 인간은 누구나 겉으로 보이는 모습과 다르게 쓸쓸하고 슬픈 기운 같은 걸 가지고 있기 마련이다. 가까이 있는 데도 멀리 있는 것 같아서 어쩌면 섬처럼 느껴지는 그런 모습 말이다.

인간이 지닌 원초적인 마음 안엔 신적인 존재인 아버지가 있다. 보통의 날엔 잘 몰랐던 아버지의 존재. 이제는 걸어서 10분 거리가 아닌, 하늘 그 어딘가에서 나를 보고 있을 아버지를 드라마 '인간 실격'을 통해 만날 수 있었다. 인간의 마음 안엔 한없이 본능에 충실하고 싶은 안나 카레리나 같은 자아가 있다. 아빠에게도 그런 마음이 있었겠지만, 가족이라는 커다란 배를 운전해 가느라 많은 시간을 자신보다는 가족을 위해 썼을 것이다. 그것을 희생이라고 불러야 할까. 사랑이라고 말해야 할까. 드라마의 여주인공 부정은 남편에게 눈과 심장을 기꺼이 내어 줄 수 있다고 말한다. 그러나 그건 사랑이 아니라 희생이라고.

칼 블로흐의 이 그림을 처음 마주했을 때 어딘지 모르게 불편한 기분이 들었다. '그 안에 있는 게 너야? 네 본심이 맞는 거야?'라고 가장 어두운 자아가 말을 걸어오는 것 같았다. 찜찜한 기분인 채로 그림이 머릿속을 맴돌기 시작했다. 그림이 내게 말을 걸어왔다. 어둠이 가득한 곳을 손가락으로 가리키며 들여다보고 있는 여자아이. 모자를 보니 밖은 태양 빛이 뜨거운 모양이다. 그 뒤로 바다가 펼쳐져 있다. 실내를 자세히 들여다보니 창가에 올려놓은 화병 안엔 싱그러운 꽃이 꽂혀 있다. 오른쪽엔 얽히고설킨 그물망이 마치 커튼처럼 드리워져 있다. 릴과 낚싯줄, 그물의 아래쪽에 매다는 봉돌이 보인다. '아빠, 그 안에 있어요?'라고 부정처럼 읊조리고 싶어졌다.

아빠의 섬망 증상

아빠는 낚시를 참 좋아하는 사람이었다. 황망히 떠나기 한 달 전에도 아빤 낚시하고 있었다. 가장 무더운 여름, 들어가지 말라는 푯말이 붙은 호수에 낚싯대를 던져 놓고 몇 시간이고 앉아 있었다. 아빠는 어쩌면 자신의 시간을 조금 더 건져 올리고 싶었는지도 모른다. 아니, 아빠의 아버지에게 이야기하고 있었는지도 모르겠다. 아빠의 옷은 모두 헐렁해졌다. 10kg 넘게 살이 빠진 아빠는 흡사 소년 같은 체형이 되어 오히려 보기 좋았다. 옆구리를 뚫고 나온 3개의 호스를 아주 잠깐 안으로 넣고 있던 날들이었다. 몸이 조금 자유로워지고 나서 아빠가 가장 먼저 가고 싶었던 곳은 '낚시터'였다.

암 환자는 열이 오르면 패혈증으로 갈 수 있어 날마다 고비다. 시간이 흐르고 나서야 알게 되는 것들이 있다. 아빠가 초록색과 빨간색 신호등을 헷갈리던 날. 좁은 병원 침대에서 한 시간도 채 잠들지 못하고 수시로 깨서는 천장의 낚싯대를 거둬 달라고 했던 일. 병원 밖에 낚시터가 있으니, 그곳엘 데리고 가 달라고 무섭게 소리치던 일. 밤마다 병원에서 고기 파티가 열리니 같이 준비하자고 했던 일. 왜 그렇게 말도 안 되는 소리를 하는지 그땐 알지 못했다. 독한 약의 부작용으로, 부정의 아버지처럼 뇌가 망가져 가고 있었다는 걸 후에 알게 되었다.

없어야 있게 되는 것

아빠가 살아 있는 동안엔 존재한다는 사실을 알지 못한다. 곁에 없으니 비로소 있게 되는 일. 아빠는 당신의 아버지와 한창 사춘기 시절인 고등학생 때 사별했다. 아버지와 일찍 떨어진 아빠는 늘 사랑에 목이 마르고 외로웠을 것이다. 가족들은 자다 일어난 늦은 밤에도 손에 손을 잡고 '아빠하고 나하고' 노래를 불러야 했다. 외로움 때문인지 집엔 늘 손님이 끊이지 않았다.

부정이 아버지에게 보내는 마지막 독백처럼 세상에 태어나 **무엇이 되는 것보다 무엇을 하는지가 더 중요하다**는 걸 천천히 깨달아 가고 있다. 사랑에 목이 마르고 외로웠던 어린 아빠 덕분에 한낮의 꿈처럼 추억이 많은 나는 아빠가 없고 나서야 그런 것들을 조금씩 알아가고 있다. 잦은 손님을 치르느라 누구와도 스스럼없이 잘 지낼 수 있게 된 것 모두 아빠 때문이 아니라 덕분이라는 사실을.

"사랑하는 아빠.

그 하늘 어딘가에서 아버지를 만나 함께 낚시하며 부자(父子)의 못다 한 시간을 가지세요."

어부 아내로의 삶을 상상하며

_김혜정

명암의 경계선

커다란 눈망울의 무표정한 소녀가 보인다. 격자창 넘어 환한 곳에 분홍색 드레스를 입고 서 있다. 왼팔에 걸친 하얀색 천, 그 손에는 샤워할 때 쓰는 비닐 모자가 들려 있다. 오른손 집게손가락을 창문 유리에 대고 조심스레 '콩콩' 노크한다.

소녀가 서 있는 밝은 곳과 상반된 어두운 공간이 내 시선을 끈다. 어두운 실내를 현장 감식 나온 형사같이, 예리하면서도 천천히, 단서를 찾듯 살피는 중이다. 붉고 푸른색의 꽃이 꽂힌 창가의 화병 아래로 붉은 꽃잎이 몇 장 떨어져 있다. 손질할 생선이 상자에 담겨 있고, 그물은 커튼처럼 창가에 걸쳐 있다. 그림을 통해 내 눈에 들어온 것들이다. 소녀는 그림에 담기지 않은 부분을 바라보고 있다. 그녀는 왜 저리 소심하게 노크하는 걸까? 수줍음이 많은 걸까? 상대에게 왔음을 알리려 한다면, 주먹으로 '똑똑똑' 창을 두드렸어야 할 것이다.

소녀의 눈에 담긴 나의 미래

내가 나고 자란 이 도시를 떠나리라 생각해 본 적이 없다. 조용하고 적막한 삶은 심심하기에 시골살이를 꿈꿔 본 적도 없다. 그런데 20년 넘게 가족을 위해 힘들게 일한 남편의 소원이 귀어란다. 외벌이 도시 생활자의 삶은 녹록지 않다. 회사 생활에 염증을 느껴 정신이 피폐해진 채 힘들게 버티는 남편을 생각하면 고맙고 짠하다. 남편의 마음을 안정시키고 그간의 노고에 배려하는 마음으로 나는 큰 결심을 했다. 시점을 언제로 할지 고민하며 시골살이로 눈을 돌리는 중이다. 이방인을 따뜻하게 맞아 줄 이웃이 많은 인심 좋고 한적한 동네로 가고 싶다.

창문 안, 저만치의 풍경에는 식당과 카페를 겸한 나의 일터가 있다. 올림머리를 하고 세상 편한 원피스에 앞치마를 두른 호호 아줌마[6]스타일, 바로 소녀가 바라보는 나의 뒷모습이다. 생선을 다듬은 후 초밥, 매운탕, 몇 가지의 반찬까지 혼자 만드느라 불 앞에서 바쁜 손놀림이다. 정해진 메뉴 없이 주인 맘대로 식당이 콘셉트이다. 오픈 시간이 다가오니 맘이 분주하다. 밖에 서 있는 소녀는 몇 분 남지 않은 입장 대기 시간을 채우며 식당 안을

6　노르웨이 작가 알프 프뢰위센(Alf Prøysen, 1914-1970)의 동화를 원작으로 하는 동명의 일본 애니메이션에 등장하는 캐릭터이다.

탐색 중이다. 미리 입장 가능한지 묻기 위해 '콩콩' 조심스러운 신호를 보내고 있다. 일에 집중하느라 소녀의 신호를 알아챌 수 없었다. 오픈 시간이 되어 뒤돌아본 나는 그녀와 두 눈이 마주쳐 머쓱해졌다.

나의 식당에 오는 손님들에게 정성이 넘치는 식탁을 차려 주고 싶다. 밖에서 먹는 음식이지만 엄마의 손맛을 느끼게 해 주고 싶다. 난 '가족'이라는 말보다 '식구'라는 말을 좋아한다. 식구(食口)란 밥때에 함께 입을 벌리고 입 안으로 음식을 넣는 사람이다. 그렇다면 나의 식당을 거치는 이들은 모두 나의 식구가 되는 것이다. 밖에서 안을 조심히 들여다만 보지 말자. 내가 있는 공간으로 서슴없이 들어와 앉아도 뭐라 하지 않을 것이다. 식구를 많이 만들고 싶은 나의 맘이다. 엄마의 맘 가득 담은 식당 주인, 어부의 아내로 살 나의 미래를 꿈꿔 본다.

내다보기

나는 창밖을 내다보는 것이 좋다. 소녀가 창을 통해 밖에서 안을 들여다본다면 나는 안에서 밖을 내다본다. 내가 사는 아파트의 115동은 사람들이 오가는 길목에 있다. 거실 창밖으로 손을 뻗으면 닿을 만큼 가까운 거리에 큰 나무가 있다. 내다보기 좋은 것 중 으뜸은 시시각각 변하는 자연이다.

봄이면 연둣빛 새싹이 움트는 나뭇가지가 눈에 들어온다. 벚나무의 연한 핑크빛, 새하얀 팝콘 같은 꽃이 만발한다. 해가 길어지는 여름이면 녹음이 푸르른 나무를 마주한다. 가을이면 노랗게 물든 잎이 마지막 인사를 하고 떨어진다. 겨울이 되면 앙상한 가지에 흰 눈이 소복이 쌓인다. 거실 다음으로 안방에서 내다보는 초등학교 운동장 풍경도 좋아한다. 봄이면 활기가 넘친다. 아이들의 웃고 떠드는 모습, 체육 시간 아이들의 활동적인 움직임, 교실 창문을 열고 음악 수업을 할 때 들리는 맑고 예쁜 오카리나 소리, 사소한 것들이지만 귀가 정화되는 듯해 미소 짓게 된다. 안방 침대를 정리하다 손을 놓고 밖을 응시할 때가 있다. 바쁘게 오가는 사람들의 목적지는 어디인지, 장바구니 가득 채워 지나가는 사람을 보면 어떤 맛있는 것들이 담겨 있는지 궁금하다.

주변 사물이나 사람의 변화에 관심 많은 사람이 있다. 나도 주변에 관심 많은 사람 중 한 명이다. 그 밑바탕에는 사랑하는 마음이 깔려 있다. 하지만 관심을 그대로 받아 주지 않고 곡해하는 경우가 있다. 사람과 사람 사이에도 내다보기와 들여다보기를 적용할 수 있다. 누군가가 "너는 속내를 너무 다 보여 줘."라며 나의 그런 점을 악용하는 사람들이 있다고 했었다. 나는 가식 없이 사람들을 대한다. 물론 나름의 탐색이란 것도 한다. 탐색의 기간이 끝난 후, 내 맘에 드는 사람이면 마음이든 물질이든 상관없이 많은 것을 나눈다. 결국엔 상대에게 상처를 받더라도 말이다. 내 안의 마음을 들여다보는 것과 남을 바라보는 것의 균형, 조절을 다시 한번 생각하게 한다.

마음의 창

_박숙현

창밖 풍경이 위로가 된 날

그림 속 소녀를 본 순간 캐나다 영화 '내 사랑'의 한 장면이 떠올랐다. 캐나다 민속 화가로 불리는 모드 루이스의 자전적 삶을 그린 슬픈 영화였다. 절름발이 화가 모드와 무식한 생선 장수 에버렛이 영화의 주인공이다. 모드가 집을 나온 후 일자리를 구한 곳이 에버렛 집이었다. 에버렛의 집에 도착한 모드가 창문을 통해 집을 들여다보는 장면이 생각났다. 대낮에 불 꺼진 실내를 들여다보려면 얼굴을 유리창에 갖다 대야 한다. 그러다 갑자기 집주인이 나타나기라도 하면 화들짝 놀랄 수밖에 없다. 창문을 통해 안을 들여다보는 모습을 보니 영화에 많이 쓰이는 메타포 기법이 생각난다. 메타포는 무언가를 화면에 등장시켜 다른 것을 생각하도록 만드는 기법이다.

영화 속 창문은 밖에서 안을 바라보는 시선과 그 반대의 시선을 대비시키는 역할을 했다. 그녀에게 창문은 작품을 담은 액자였고, 창문 너머 세상은 용기를 내야만 닿을 수 있는 곳이었다. 모드는 풍경을 바라보며 "내 삶의 전부는, 이미 액자 안에 있어요. 바로 저기."라고 말했다. 그 대사가 생생하게 떠오르는 걸 보니 아마도 이 그림이 나를 영화 속 풍경으로 데려갔나 보다. 한적한 독일 마을에 살던 내 모습이 겹친다. 찾아오는 이 하나 없는 낯선 곳에서의 삶이 계속되던 때였다. 작은 작업실 한편에 기대어 바라본 창문 밖 풍경은 항상 나를 위로했다. 그 풍경에 용기를 얻어 옆집 할머니에게 쿠키를 구워 갔던 날도 있었다. 작업실 창은 내게도 용기와 위로를 건넸다.

빛으로 만든 드라마

소녀는 누구의 집을 방문한 것일까? 창문을 두드려서 자신을 알렸을까? 아니면 한참을 망설였을까? 커튼이 드리워지지 않은 집 내부의 물건들을 보니 나의 호기심은 증폭된다. 마치 내가 탐정이 된듯하다. 손질하다 만 생선 무더기와 잔뜩 어질러진 실내에서는 빛보다 어둠이 두드러진다. 그림 속 소녀의 표정에서 드러나는 미묘한 감정은 읽을 수 없다. 그림 속 주인공이 만들어 낸 알 수 없는 분위기로 인해 그림이 더욱 극적으로 보인다. 인기척이 없는 듯 보이고 험상궂은 아주머니가 퉁명스럽게 문을 열어 줄 것만 같다. 그래도 창가에 놓인 화병을 보니 안심이 된다. 창가에 꽃을 장식할 정도의 여유가 있는 사람이라는 생각이 들었기 때문이다.

덴마크 출신의 작가 칼 라인리히 블로흐는 '빛의 화가'라 불리는 렘브란트의 영향을 받았다. 그래서인지 빛의 대조가 생동감 있게 잘 표현된 이 그림은 마치 연극의 한 장면을 보는 듯한 느낌이 든다. 어둠과 빛의 대비는 영화 속에서나 그림 속에서나 관객들을 집중시키고 몰입시키기 위한 요소이다. 빛의 대비가 극명할수록 몰입도도 높아진다. 연극에서 한 사람의 배우가 혼자 배역을 맡아 하는 모노드라마를 보는 듯하다. 작품 속 그녀가 궁금하다. 충분히 매력적이라는 말을 하고 싶어진다.

어쩌다 마주한 행복

척박한 북유럽 환경에서 화가들이 표현할 수 있는 최고의 요소는 빛이었을 것이다. 파리의 칙칙한 날씨를 피해 프랑스 남부로 떠난 화가들도 많았으니, 이해가 될 만도 하다. 어느 여름날 떠났던 노르웨이 가족 여행이 생각이 난다. 차를 타고 끝없는 평야를 달리던 중 반가운 산장을 발견했다. 산장 내부에는 아무도 없었다. 동화에나 나올 법한 오래된 영국식 찻주전자가 장식장에 가득했고 낡은 난로 위에 놓인 구리 주전자에서는 물이 끓고 있었다. 인기척을 느낀 주인장이 아치형의 작은 하늘색 문으로 걸어 나와 맞아 주기 전까지는 비현실적인 느낌이 들 정도였다. 주인은 아무 말 없이 따뜻한 눈빛과 가벼운 끄덕임으로 인사를 전한 후 초콜릿 향 가득한 코코아와 커피, 앙증맞은 케이크를 내주었다. 그날의 기억은 내 머릿속에 행복함이란 단어로 저장되어 있다.

그림을 보는 내내 슬픈 얼굴로 창밖을 내다보며 손가락으로 허공에 동그라미를 그리던 모드와 분홍빛 실크 드레스를 입고 심부름을 온 소녀를 상상했다. 가족과 함께했던 노르웨이 가족 여행에서의 추억도 함께 남았다. 어느 북유럽 화가의 그림 한 장을 보며 마음의 창을 열어 보는 순간이었다.

너에게 가는 길

_이지연

똑똑, 당신을 사랑하는 제가 왔어요

여자는 최대한 꾸밀 수 있는 대로 맘껏 꾸몄다. 거울에 비친 그녀의 모습은 아름다웠지만 뭔지 모를 긴장한 표정이 역력했다. 가장 좋아하는 분홍색 드레스에 걸맞은 모자를 써 본다. 그곳에 가면 그를 만날 수 있다는 이야기를 들었기에 확신하고 가 본다. 똑똑 노크하려다 잠시 머뭇거린다. 집안에서 쏟아져 나오는 웃음소리가 묘한 분위기를 만든다. 아뿔싸. 그곳에 그만 있는 것이 아니었다. 낯선 여자와 함께 있는 그. 그가 그렇게 미소 짓는 모습을 얼마 만에 보는 건지 설렌다. 아니, 조금은 화가 난다. 나에게는 한 번도 보여 주지 않던 모습이다. 온통 낯설다. 그는 내가 아는 그 사람일까?

한참을 창가에 서서 그를 바라본다. 당장 달려가 그를 안고 입 맞추고 싶지만, 나는 그럴 수 없다. 더 사랑하는 사람이 약자라 말하지 않았는가. 그의 몸짓과 표정은 이제 다른 사람을 사랑한다고 말한다. 그러니 그에게서 이 행복한 순간을 빼앗을 수 없다. 그래, 잊어버리자. 존재하지 않는 사람이다. 내가 사랑했던 그가 아니다. 애써 부정하며 나는 뒤돌아 갈 수밖에 없다. 가다 서기를 반복하다 결국 다시 창가로 다가간다. 그를 내 눈에 더 담아두고 싶었던 걸까. 아니면 그가 나를 알아봐 주기를 바랐던 것일까?

그가 세상을 떠나고 나는 꿈을 꾼다. 애타게 그를 찾는 꿈이다. 항상 같은 꿈이다. 꿈에서 깨어난 나는 한동안 그를 기억해 낸다. 그의 목소리, 그의 살냄새, 그러나 아지랑이처럼 곧 사라져 버린다. 드라마 '연인'에서 여주인공 길채가 기억을 잃은 남자 주인공 장현을 찾으러 다니는 장면처럼 나는 그와 계속 엇갈린다. 찾아가면 멀어지고 멀어졌나 싶으면 다시 가까워진다. 그러나 그를 찾을 수 없다. 마치 주인공 길채가 나 같고 내가 길채 같다. 사랑하는 이의 남은 흔적을 찾아가는 일이 애틋하다. 결국 길채는 돌고 돌아 장현을 만난다. 하지만 나는 길채처럼 장현을 다시 만날 수 없다. 보고 싶어도 볼 수 없다. 나의 추억 속에서 그를 그리워할 뿐이다.

그대 어디 있는지
그대의 기억과 추억으로 당신을 찾아가리다.
나 그대가 어디 있든지 힘써 그대를 찾는 일을 주저하지 않으리오
그대 어디 있든, 날 기억하지도 못한다 해도 괜찮으니

그대가 행복하게 지낼 수만 있다면,

그대가 건강하게 있을 수만 있다면

나 그대의 얼굴을 보지 못하더라도,

혹여 그대가 나를 알아보지 못한다고 할지라도

나 슬퍼하지 않으리다.

나 힘써 살아 보리라.

훗날 그대의 기억에 내가 스치듯 스며들면 나는 그 또한 감사할 따름이오

나의 판도라 상자

분홍 드레스를 입은 여자의 안색이 창백하다. 그 큰 눈은 왜 슬퍼 보이는 걸까? 혹여 보지 말아야 할 장면을 본 건 아닐까? 우리 집에는 절대 보지 말아야 할 것이 있다. 바로 아들의 가방이다. 밖에서는 깔끔한 친구처럼 행동하지만, 실상은 그 반대다. 정리 정돈과 거리가 멀다. 그의 가방에는 없는 게 없다. 그 작은 가방은 늘 무언가로 가득 차 있다. 가방이라도 열어 보려고 하면 그는 애원한다. 열어 보지 말라고, 자신을 믿어 달라 말한다. 늘 가방을 사수하는 아들에게 못 이기는 척하고 져 준다. 그래서 그의 가방을 자주 열어 보지 않는다. 잠이 오지 않는 새벽! 나는 그의 가방을 열었다. 그리고 조용히 다시 닫았다.

사랑한다고 말해 줄래요

똑똑 창문을 두드리는 그녀의 손가락이 무척 가늘다. 그런데 주먹으로 창문을 두드리지 않네. 검지로 내는 소리는 집 안에서 들리지 않을 텐데. 네가 온 걸 들키고 싶지 않은 거니? 네가 왔다고 창문에 무언가를 남기려고 하는 거니? 날이 추워지면 자동차 안 창문은 나와 아이들의 도화지가 된다. 창문에는 알 수 없는 그림과 글자가 가득해지는데 남편은 그걸 늘 못마땅해한다. 유리를 닦는 수고로움은 자기 몫이라며 투덜댄다. 그때마다 우리는 그에게 메시지를 보낸다.

♡

♡

♡

하트 세 개로 그에게 보내는 메시지
부디 우리의 사랑을 받아 주세요.
부디 우리를 잊지 말아 주세요.
부디 우리를 지켜 주세요.

너를 닮은 색

_장영지

가장 어두울 때 빛이 나는 사람

가로등 불빛이 하나둘 켜지는 해 질 무렵 그 언저리의 어둠을 좋아했다. 어린 시절, 밝은 빛을 보면 눈을 심하게 찡그렸다. 그럴 때마다 눈물이 났다. 낯선 눈부심이 어린 나를 사정없이 강타하는 것 같았다. 눈부심은 내게 큰 고통이었다. 낯선 사람을 만날 때에도 마찬가지였다. 부끄러움으로 인해 눈물이 나는 것과 눈이 정말 아파서 눈물이 나는 것을 분간하기 힘들었다. 그래서 낯선 사람도 없고 햇빛도 없는 어두운 곳에 있을 때 안락함을 느끼곤 했다. 그 어둠을 나의 방에도 물들이고 싶었다.

어두울 땐 고양이처럼 눈을 크고 동그랗게 뜨는 어른이 되었다. 더 이상 부끄러움에 눈물을 흘리지 않는다. 어른이 된 지금도 여전히 정전 속 깊은 어둠 속에 있을 때 편안함을 느낀다. 자신에게 집중할 수 있는 시간이기 때문이다. 어둠이 내려온 공간에서 더 선명하고 자유로워졌다. 나는 이 상태가 좋았다. 익숙한 어둠이 공간들을 채워 나갔다. 홀로 앉아 선명하게 그려 낼 수 있기에 어둠은 전혀 무섭지 않고 오히려 반갑다. 내가 빛나고 있음을 느끼게 해 주는 이 짙은 어둠이 좋다.

나를 만나러 온 단 한 사람

불혹의 계절을 걷고 또 걸었다. 스쳐 지나가는 작은 바람에도 흔들리며 중심을 못 잡기도 했다. 계단에서 미끄러진 사람처럼 온몸이 아팠고 치밀어 오르는 원인 모를 분노와 실망에 좌절하기도 했다. 죄를 지은 것도 아닌데 죄인 같은 암흑으로 물들어 갔다. 가장 편안한 방으로 은신했다. 작은 불빛에도 눈이 부셔 이내 얼굴을 찡그렸다. 다시 어린 시절로 돌아가서 이유 없는 부끄러움에 눈물을 흘렸다. 얼굴이 마구 찡그려지고 멈추지 않는 눈물은 괴롭고 지치게 했다. 눈부심의 고통은 아직도 여전했다.

아무도 없는 대나무 숲에 들어가 "임금님 귀는 당나귀 귀"라고 소리치던 설화 속 이발사처럼 세상의 비밀들을 내뱉고 싶어졌다. 비밀을 숨기고 있으면 병이 생긴다는 주인공처럼 아직도 마음이 아팠다. 그저 고요히 눈을 감는다. 말할 수 없는 비밀을 입으로 말하지 않기로 했다. 눈물을 흘리며 불신의 계절로 걸어갔다. 그 계절의 길목에서 나와 같은 모습으로 그저 말없이 고요히 바라봐 주는 내면 아이를 만났다. 그러나 문밖에는 아직도 눈부심 가득한 햇빛이 강하게 쏟아지고 있다. 선뜻 나갈 수가 없었다. 가로등이 켜지는 어둠의 언저리 어딘가에서 내면 아이가 나를 기다리고 있었다. 내면 아이의 한 손에는 햇빛을 가려 주는 얇고 부드러운 리넨 숄이 들려 있었다. 그동안 만났던 수많은 사람들은 눈부셔하는 내게 "세상에! 어머나! 그래서! 항상! 너무!" 등의 많은 부사를 터트렸다. 여전히 부끄럽고 서먹서먹한 세상은 낯설다. 일관되고 다정한 마음으로 지켜봐 주는 내면 아이에게로 발길을 돌렸다.

그토록 다정한 분홍

너의 얼굴이 보인다. 셔링 접힌 블라우스와 바람에 휘날려도 좋을 긴 치마를 입고 서 있다. 예쁜 핑크빛으로 물든 너의 두 볼을 보니 햇빛 쏟아지는 밖에서 나를 오랜 시간 기다렸으리라. 어둠 속에 혼자 있는 것이 편해 너의 존재에게 눈길 한번 주지 않았던 시간을 떠올렸다. 절망과 좌절 속에서 아무도 마음을 알아주지 못한다고 느껴 세상과의 모든 소통을 단절하고 싶었다. 그때 내면 아이가 '똑똑' 말없이 창문을 노크했다. 내면 아이는 이내 나를 들녘으로 이끌었다. 그 길 중간쯤에 있는 카페에 들러 따뜻한 커피 두 잔을 시켰다. 커피가 식는 내내 다정하게 곁에 있어 주었다. 어둠 속에서도 빛이 나는 순간이었다. 내 안의 확신을 믿으며 앞으로 나아가고 싶어졌다. 그런 나를 믿는다며 다정하게 바라봐 주는 내면 아이와 마주하는 순간이었다.

어두운 방 안은 너의 두 볼을 닮은 분홍빛으로 물든다. 분홍색 블라우스와 폭신한 분홍색 치맛단이 서걱거리는 마음을 달래 주며 포근하게 안아 준다. 나를 낳아 준 엄마보다 나를 더 사랑해 왔고 남편보다 나를 더 잘 알고 있는 내면 아이의 이름은 분홍이다. 한없이 다정한 너를 닮은 색이다. 눈물이 날 때면 어둠이 흘러넘치는 방으로 피신하지 않고 너를 닮은 분홍색을 찾아 나선다. 어둠이 와도 외롭지 않을 것 같다. 나의 배경을 이제 어둠이 아니라 내가 좋아하는 너라는 색으로 물들여 나갈 것이다. 다정한 너에게 받은 위로로 눈물을 참아 보려 한다. 하늘에는 널 닮은 분홍색 노을이 보인다. 가로등의 불빛이 하나둘씩 켜지기 시작하면 눈물을 흘리지 않고도 선명해지는 나를 마주할 수 있을 테니까. 이제 새로운 준비를 마친다. 나는 너를 만나 '너'라는 '색'으로 물들여질 시간이다.

가족의 소중함을 느끼는 날

칼 라르손
: 가정이라는 울타리

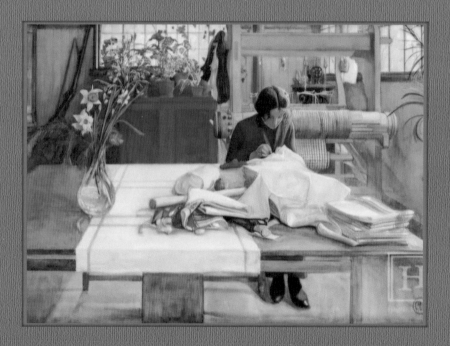

칼 라르손(Carl Larsson 1853-1919)
<바느질하는 소녀(Sewing Girl)> 65.8×99.2, 1911

그것은 태곳적부터 있어온 도저히 헤아릴 수 없는 사랑이요,

어떤 추를 사용해도 측량해낼 수 없는 깊은 샘물,

아무리 퍼내도 고갈되지 않는 분수다.

_『독일인의 사랑』, 막스 뮐러

사회라는 유기체

_김경애

바느질하는 여인

환한 빛이 드리운 노란 벽의 작업실에서 한 여인이 바느질하고 있다. 나도 결혼 전 웨딩드레스 매장에서 일할 때 매일같이 바느질했었다. 의상 디자인을 전공하지는 않았지만, 아침부터 저녁까지 꼬박 3개월을 공부해 직업훈련학교의 의상디자인 과정을 수료했다. 몇몇 중소기업에 이력서를 냈고 두 곳에서 합격 소식을 받았다. 동대문 스포츠의류회사와 청담동 웨딩드레스 매장이었다. 두 곳 다 매력적이었으나 웨딩드레스 매장에서 먼저 연락이 와서 일을 시작했다. 그러나 이력서를 낼 때의 포부와는 다르게 일은 매우 고되었다. 그곳은 드레스를 직접 제작하는 매장이었다. 매장 경영자이기도 한 디자이너가 드레스를 디자인하면 패턴기능사가 디자인에 어울리는 패턴을 제작했고, 뒤이어 양장기능사가 패턴을 따라 재봉질해서 드레스를 만들었다. 손바느질을 맡은 바느질꾼은 아름다운 레이스 위에 보석같이 반짝이는 비즈를 수놓았다.

일하는 여인

나는 그곳의 막내 사원이었다. 아침에 출근하면 매장 청소와 화초 물주기로 하루를 열었다. 커피믹스를 한 잔 타서 책상에 앉아 화려하고 값비싼 레이스를 수놓아진 모양대로 올이 풀리지 않게 잘랐다. 완성된 드레스의 밑단을 드레스 바깥쪽에 표나지 않게 한 땀 한 땀 공그르기로 바느질하기도 했다. 매장을 방문하는 손님도 맞이했다. 그곳에서 직접 제작한 드레스는 모두 매우 비쌌다. 그래서인지 고객은 대부분 결혼을 앞둔 신부가 아닌 예식장이나 웨딩 촬영업체였다. 실제로 드레스를 착용하면 어떻게 보이는지 궁금해하는 고객도 있었다. 그럴 때는 피팅 모델처럼 직접 드레스를 입기도 했다. 그때는 날씬해서 가능한 일이었다. 주문이 들어오면 포장과 발송하는 일도 내 담당이었다. 고객이 주문한 드레스를 깔끔하게 다림질한 다음 상자에 곱게 담아 업체 주소를 적어 발송했다. 웨딩드레스의 트레인(길게 끌리는 옷자락)이 워낙 길어서 무거운 다리미를 들고 한참을 다려야 했다. 시즌 때면 열리는 결혼박람회와 웨딩잡지 촬영 때도 현장에서 일했다. 근무 시간이 길어 늦은 오후면 간식시간을 가졌는데 이때는 간식을 챙기는 일까지 내 차지였다.

업무시간은 평일 오전 9시부터 오후 8시까지, 토요일은 오후 5시까지였다. 업무강도에 비해 급여는 당시 최저시급에도 못 미치는 수준이었다. 수습생이라는 이유에서였다. 일반적인 회사의 급여는 수습 기간 3개월이 지나면 인상되는데 그곳은 1년이 지나고서야 급여가 인상되었다. 그래도 좋았던 건 내 결혼식에 청담동 웨딩샵의 예쁜 드레스를 입었다는 것이다. 그 당시 MC로 인기가 있었던 미스코리아 김예분의 웨딩드레스와 같은 디자인이었다. 화이트에 가까운 연한 핑크빛 드레스 위에 옅은 핑크색 비즈가 빼곡히 수놓아져 아름답게 반짝였다. 보통 웨딩드레스 매장에서 일한다고 하면 이 그림처럼 우아하게 바느질하는 모습을 상상한다. 나도 그런 우아한 모습을 상상했었다. 그러나 실제 일은 겉보기와 매우 달랐다. 후에 동대문 쪽으로 취업했던 옛 동료를 만났는데 그녀도 일이 너무 고되어 퇴사했다는 소식을 전했다. 사무실 내 업무뿐만 아니라 동대문시장을 돌아다니며 원단업체 부자재업체를 찾아 거래하고 도소매 업체까지 관리하는 일이 힘들었던 모양이다.

사회라는 유기체

여성은 특히나 결혼하고 아이를 낳아 키우면서 경력이 단절되는 경우가 많다. 아이가 어느 정도 자라 앞가림을 하게 되면 자아가 슬그머니 올라오며 사회로의 복귀를 꿈꾼다. 하지만 막상 사회생활을 했던 때의 현실을 떠올리면 두려움이 몰려온다. 업무능력 자체보다는 긴 업무시간과 상상을 초월하는 업무량, 상사의 눈치를 보는 고단함, 동료와 일의 경계 같은 것들이 더 걱정된다. 나의 개성은 무시되고 그냥 그 자리에 맞는 부속품이 되는 것 같은 느낌. 거대한 사회라는 기계에 끼워진 하나의 부품으로 전

락해 버리는 느낌. 지금도 여전히 사회에 나가면 그런 느낌으로 일해야 할까? 아이들도 학업을 마치고 사회인이 되면 그런 느낌으로 일하게 될까?

나는 독서를 하며 지나온 내 사회생활의 타당성에 대해 생각하곤 했다. 물론 일차적 목적은 돈을 버는 것이었다. 하지만 그것뿐이라기엔 조금 허무했다. 그 이상의 의미를 찾고 싶었다. 그러면 사회를 딱딱한 기계가 아닌 하나의 유기체, 살아 있는 생명체라고 보면 어떨까? 흔히들 그렇게 표현하지만 내가 받은 느낌은 기계처럼 딱딱했으니 말이다. 서로가 상대를 알아주며 함께 기여하고 마음으로 연결된 생명체. 내가 맘껏 일할 수 있는 곳이 그런 살아 있는 생명체처럼 따뜻한 곳이라면 나도 용기 내 도전해 볼 수 있을 것 같다. 조금씩 일을 하며 사회에 공헌하는 것도 괜찮지 않을까 하는 생각을 가져 본다.

바느질과 여자

_김경진

바느질하는 여자

내가 20대 초반이었을 때만 해도 북유럽풍 카페는 줄을 서야만 들어 갈 정도로 인기였다. 카페뿐 아니라 선물 가게의 북유럽풍 실내장식은 사 람들에게 신선한 눈요깃거리였다. 이런 스타일의 인테리어는 우리 집보다 세련되고, 아기자기하고, 예뻐 보였다. 내 집도 그렇게 꾸며보고 싶었다. 그림 속 칼 라르손 아내의 바느질이 참 아름다워 보인다. 배치된 가구와 액 자, 식물의 색감이 여인의 바느질을 더 돋보이게 하는 것 같다. 한편, 주부 의 집안일이 고상하고 우아하지만은 않은데 그림 속 여자에게서는 편안함 과 여유가 느껴진다. 칼 라르손의 시선에서 바느질하는 아내가 예뻐 보이 는 것이다. 그리는 자의 마음도 행복하다. 칼 라르손의 가족 사랑이 녹아 있어서 보는 사람마저 웃음 짓게 한다. 그것이 칼 라르손에게 행복을 그리 는 화가라는 수식어가 붙은 이유다.

그의 다른 작품에도 자녀들의 평온한 일상이 자주 등장한다. 엄마가 바느질하는 동안 자녀들이 위, 아래에서 복닥복닥 뛰어노는 모습을 상상하게 된다. 칼 라르손의 시야에 들어온 모든 것이 웃고 있다. 집, 마당, 잔디밭, 나무, 테이블이 웃고 있다. 색이 웃고 있다. 창을 뚫고 들어온 빛이 웃고 있다. 새빨간 수납장이 아주 상큼하게 웃고 있다. 이 집 식물들은 어느 집보다 싱싱하다. 바느질하는 여자가 고개 숙여 바늘에 시선을 쫓으며 웃고 있다. 식구가 많은데 저 많은 옷감을 언제 바느질을 다 하려는지 주부의 시선으로도 보게 된다. 예쁘고 아름다워 남겨두고 싶은 한 장면이라며 남편은 아내의 이 순간을 그렸을 것 같다. 칼 라르손의 작품을 예나 지금이나 사람들이 좋아하는 이유가 여기 있다. 편안함과 행복함이 흘러내리기 때문이다.

바느질 싫은 여자

어릴 적에 엄마가 바느질하던 장면들을 더듬었다. 엄마는 바느질을 버거워했다. 큰 이불을 바느질할 때면 이불 껍데기 속으로 동생과 같이 들어가 장난을 치며 까르르거렸는데 엄마는 신경질을 냈다. 아마도 7~8살쯤이었던 것 같다. 재미있었지만 그런 중에도 나는 엄마의 눈치를 보았다. 엄마의 마음 상태는 늘 불안했다. 아빠와의 불화로 큰 소리가 오가다가 엄마의 울음으로 상황이 마무리되는 일이 허다했다. 며칠씩 분위기가 어두웠는데 나는 그때마다 말도 못 붙였다.

바느질은 옷과 구멍 난 양말을 꿰매는 일, 떨어진 단추를 자기 자리에 잘 매달아 놓는 일 이상을 의미한다. 애정 없이는 바늘귀에 실조차 제대로 넣을 수가 없다. 마음 상태가 안 좋으면 바늘귀가 작은 것부터, 실 끝이 꼬부라져 자꾸만 들어가지지 않는 것까지 짜증이 나니까. 늘 삶이 팍팍하니 아빠에게 그 탓을 돌리며 살았던 엄마는 마음이 꼬여서 구멍 난 양말을 꿰어 신어야 하는 상황을 두고도 매우 슬퍼했던 것 같다. 한 여인이 힘없이 한 땀 한 땀 바늘을 움직이며 삶의 회한과 외로움을 꿰매는 바느질. 어린 나는 엄마의 우울함을 온몸으로 느꼈다. 엄마의 정서가 누적돼 내 안에 해소되지 않는 우울함이 쌓여 갔던 것 같다. 경제력이 생긴 후에야 나는 그 분위기에서 벗어날 수 있었다. 나는 결국 도피처로 결혼을 택했다.

막 돌이 된 아들의 자그마한 외투에서 떨어진 노랑 단추는 참으로 작다. 멀리 도망가지 않아 뱅그르르 돌다 이내 멈추면 주워서 바느질을 시작한다. 아이의 작은 외투, 돌고 돈 단추 하나와 날 기다리는 바늘과 실. 누가 이 장면을 그린다면 이 장면은 웃고 있을까? 울고 있을까? 중학교 때 십자수가 유행했다. 친구들은 십자수 작품을 만들어 서로 선물하곤 했다. 난 작은 열쇠고리 십자수 하나를 사서 시도하다 말고 문지방으로 확 던져 버렸다. 고개를 숙이고 열을 맞추고 색을 맞추어 가며 바늘이 오르락내리락하는 행위가 그렇게도 식은땀이 났다. "그냥 하나 사지?" 내가 거기에 몰두한 친구에게 던진 한마디다. 미동도 없이 한 곳을 응시하며 반복하는 바느질이나 십자수 등은 나에게 손사래 치게 되는 행위다.

아이를 위해 오랫동안 거부했던 바늘을 쥐다니! 내 모습이 좀 우습기도 했다. 엄마가 되면 하기 싫은 것도 해야 하고, 싫어하는 일을 썩 나쁘지 않게 해내기도 한다. 애정이 있으니, 바늘귀에 실이 들어가는 몇 초에서 몇 분 사이가 그리 즐겁다. 결혼 전에는 덜렁덜렁 매달려 곧 떨어질 것 같은 단추를 보면 어떤 대응도 하지 않았다. 아이의 엄마로 살다 보니 아이를 둘러싼 모든 환경이 아이에게 맞춰지고, 생각과 목표가 아이 중심이 된다. 육아하며 부대끼는 나의 일상을 누군가 그려준다면 모든 장면이 스마일. 한 컷 한 컷 스마일일 것이다. 때론 아이의 투정이 버겁고 도망가고 싶을 때도 있지만 자고 일어나면 재미있는 에피소드가 되어 있다.

바느질 안 하는 여자

나보다 섬세한 남편과 이제 초등학교 1학년인 아들은 어깨가 2cm 정도 터진 나의 여름 원피스를 꿰매 주겠다며 서로 나선다. 남편은 군인 시절 바느질 실력을 운운하며 나의 바느질 솜씨를 비웃었다. 아들도 바느질해 보겠다 한다. 고사리손으로 실을 바늘귀에 넣는다. 제법이다. 한 방에 잘 들어간다. 기본적인 바느질법을 알려 주니 한참을 몰두하던 아들은 8살이지만 반듯반듯하게 줄을 잘 세웠다. 나보다 낫다! 내 피가 아니고 아빠 피다. 신통하기도 하다. 난 바느질을 안 하기 시작했다. 살짝 터진 옷도 다 해

놓는다. 잘하는 사람이 하면 되지. 엄마의 원피스를 바느질하는 우리 집 남자들. 화가가 볼 때 이 장면도 꽤 재미있는 작품 소재일 텐데! 이 장면을 칼라르손이 그린다면 어떨까? 우리 집 빨간 시계와 노란 단추가 웃고 있을 것이다. 바늘을 쥐어 든 고사리손도 웃고 있을 것이다. 예뻐 보인다는 것은 내 마음이 행복하다는 거다. 칼 라르손은 자기 아내가 예뻐 보여서 그녀가 바느질하는 모습을 그렸다. 하지만 어찌 되었든 나는 바느질을 안 해도 예뻐 보이는 여자다.

Salon de Camu

한 땀 한 땀 짓는 행복

_김현정

이상하고 낯선 병이 찾아왔다

세상에는 자신할 수 있는 것이 많지 않다. 행복한 날이 계속될 거라
고 믿다가 예고 없이 찾아온 불행에 몸서리를 치기도 하고, 절망 속에서 허
우적대다 뜻밖의 순간에 희망의 동아줄을 발견하기도 하는 게 인생이다.
뻔히 알면서, 잠깐 잊었다. 인생이란 원래 예상대로 흘러가지 않는다는 것
을. 물론 세상에 그런 삶이 어디 있겠느냐마는 애초에 항상 꽃길만 걷지는
않았다. 생각 없이 달리다 속도에 못 이겨 고꾸라지기도 하고, 누군가 아무
생각 없이 던져놓은 돌멩이에 걸려 넘어지기도 했다. 홀로 걷는 길이 고단
해서 주저앉아 우는 날도 많았다. 하지만 건강만은 자신했다. 매달 꼬박꼬
박 의료보험료를 내면서도 딱히 병원에 갈 일은 없었고 그 흔한 실손 보험
료를 청구한 적도 없었다.

이 정도면 건강하다는 자만을 비웃기라도 하듯 이상하고 낯선 병이 찾아

왔다. 밤이면 밤마다 속이 쓰렸다. 김치찌개는 꿈도 꿀 수 없었고 커피라도 마시는 날에는 배 위에 핫팩을 한참 올려놓고 속을 다스려야만 잠들 수 있었다. 오만 가지 가능성이 떠올랐지만 금세 괜찮아질 거라고 믿으며 병원을 외면했다. 하지만 날이 갈수록 통증이 심해졌다. 급기야 불타는 납덩이가 들어앉은 것처럼 뱃속이 화끈거렸다. 고통이 커질수록 두려움도 커졌다. 몇 달을 버티다 더 이상 참기 힘들어 찾아간 병원의 의사는 십이지장궤양이라고 했다. 십이지장에 생긴 궤양은 딱히 큰 병으로 발전하지도 않고 약만 먹으면 낫는다는 설명을 듣고 잔뜩 곤두섰던 신경이 가라앉았다. 가벼운 마음으로 일어서려는데 의사의 목소리가 사뭇 진지해졌다. 피검사 결과가 좋지 않다고 했다. 늘 어지러웠지만 그냥 피곤해서 그런 거라고 믿었다. 의사의 생각은 달랐다. 빈혈이 심각하고 혈소판 수치는 정상인의 절반에도 못 미친다며 암센터 혈액종양내과 진료를 강권했다.

'혈액종양내과'니 '암센터'니 하는 평생 멀리하고 싶은 단어들이 귓가를 때리는 동안 내 머리는 텅 비어갔다. 나의 빈약한 상상력으로 떠올릴 수 있는 병명은 백혈병뿐이었다. 어쩌면 드라마에서나 보던 심각한 병일 수도 있다는 생각이 머리를 스치자, 나보다 아이들이 먼저 걱정됐다. 두려움과 걱정이 뒤범벅돼 눈물이 쏟아질 것만 같았다. "혹시 백혈병, 그런 건가요?"라고 조심스레 물었다. 반드시 추가 검사를 해야 한다고 잔뜩 겁을 줬던 의사가 갑자기 피식 웃었다. "그 정도는 아닙니다. 백혈병에 걸리면 혈소판 수치가 이것보다 훨씬 낮게 나옵니다." 환자가 겁에 질려서 심각하게 묻는데 피식 웃는 의사라니. 다른 때 같았으면 의사의 태도가 성의 없게 느껴졌을지도 모른다. 하지만 의사가 피식 웃을 정도로 내 상태가 백혈병과는 거리가 멀다고 생각하니 뜬금없이 마음이 편해졌다. 아직도 답은 모른다. 매달 병원에서 채혈하고 추적 검사를 해야 할 만큼 혈소판 수치가 낮지만, 적극적인 치료를 해야 할 정도는 아니라고 했다. 매일 '혈소판이 부족하지만 큰 문제는 아닌 상태'와 '심각한 질병' 사이에서 아슬아슬하게 줄타기를 하는 기분이다. 나의 위태로운 혈소판은 여전히 예고 없이 내 몸 어딘가에 시퍼런 멍을 만들어 놓곤 한다.

행복의 조건

사람들은 행복에도 조건이 있다고 믿는다. 요즘 사람들이 가장 열망하는 행복의 조건은 '남들이 부러워할 만한 삶'인 것 같다. 온라인에서건 오프라인에서건 사람들은 근사한 외모, 그럴듯한 직업, 비싼 차, 명품 가방같이 겉으로 드러나는 행복의 조건을 요란하게 증명한다. 자신보다 별 볼 일 없는 사람은 대놓고 까 내리고, 좀 더 그럴듯해 보이는 사람은 은근히 질투한다. 그러나 행복은 비교급이 아니다. 나와 남을 견주어 누가 더 나은지, 누구의 불행이 더 작은지 끝없이 비교한 끝에 간신히 찾아내는 행복은 가짜다.

한 달에 한 번씩 추적 검사차 혈액종양내과를 방문하면 다양한 사람이 눈에 들어온다. 70~80대 정도 돼 보이는 어르신이 많고 간혹 젊은 사람도 보인다. 대기실에서 차례를 기다리는 사람들은 이런 생활에 이골이 난 듯 모두 덤덤한 얼굴이다. 맨 처음 진료를 보러 갔던 날, 아마도 나는 눈에 띄게 불안해 보였을 거다. 2층에 있는 채혈실을 찾아가 피를 뽑고 다시 1층으로 내려와 진료를 기다리는 모든 과정이 낯설었다. 한 번이 두 번이 되고, 두 번이 세 번이 되자 병원 진료는 매달 겪어야 할 일상이 됐고, 나도 덤덤해졌다. 그러다, 네댓 번째 병원을 찾은 날이었다. 유달리 앳돼 보이는 청년이 눈에 들어왔다. 따뜻한 봄날인데도 털모자를 쓰고 앉아 있는 걸 보니 항암 치료를 위해 병원을 찾은 듯했다. 핏기 없이 창백한 얼굴이 안타까웠고, 그곳이 너무도 익숙한 듯 어떤 동요도 없는 표정이 슬펐다. 그래도 내가 그 청년보다는 낫다는 서글픈 안도감이 밀려드는 찰나, 남보다 덜 아파서 다행이라고 생각하는 스스로에 대한 부끄러움이 나를 덮쳤다.

라르손이 그린 행복

북유럽을 대표하는 화가 칼 라르손은 불우한 유년기를 딛고 행복한 일상을 화폭에 담아냈다. 라르손의 그림은 나보다 더 아픈 사람을 보며 내 처지를 위안했던 그날의 나를 다시 한번 부끄럽게 했다. 그는 장밋빛 미래를 꿈꾸기 힘든 빈민가에서 태어나 궁핍하고 힘든 삶을 견뎠다. 유학을 떠난 파리에서도 돈이 궁했던 탓에 마음 편히 예술 활동에 전념할 수 없었다.

행복이 비교급이라면 그는 불행했어야 한다. 술주정뱅이가 돼 가정을 버린 아버지, 자신과는 달리 일찌감치 파리 살롱전에서 입상해 승승장구하던 동료 화가들, 궁색하고 고된 삶에서 비롯된 우울증. 남보다 못한 삶이 불행의 원인이 된다면 이 모든 것들이 그를 할퀴고 상처 냈어야 마땅하다. 하지만, 라르손은 달랐다. 그는 결핍과 고난에도 굴하지 않고 '행복한 집과 가정'에 대한 소망을 키웠다. 프랑스에서 만난 동료 화가 카린 베르구는 라르손의 삶에 온기를 불어넣었다. 두 사람은 카린의 아버지가 물려준 스웨덴의 작은 집 '릴라 하트나스'에서 여덟 자녀를 낳고 웃음소리가 끊이지 않는 행복한 가정을 꾸렸다.

행복한 삶을 향한 열망을 담아 그들이 정성으로 가꾼 집은 현대적인 스칸디나비아 인테리어의 뿌리가 됐다. 라르손은 스칸디나비아반도 수공예 운동의 중심에 섰던 예술가답게 집안의 가구와 마당의 울타리도 직접 만들었다. 아내와 딸이 바느질하고 수놓은 식탁보와 커튼은 라르손 가족의 보금자리를 더욱 아늑하게 만들었다. 그가 작품을 통해 표현한 것은 모든 게 갖춰진 완성형 행복이 아니었다. 라르손의 그림에는 한 땀 한 땀 사랑과 노력으로 지어 나간 진행형 행복이 담겨 있다. 가족을 향한 끝없는 사랑을 동력 삼아 물기를 머금은 듯 촉촉하고 따뜻한 수채화를 그려 낸 라르손. 그의 작품들은 어제의 절망에도 무릎 꿇지 않고 오늘의 고난에도 스러지지 않을 용기를 준다.

우리 엄마

_유승희

미래의 거울, 엄마

칼 라르손의 〈바느질하는 여자〉를 보니, 어린 시절 엄마의 모습이 떠오른다. 엄마는 안경을 코 밑으로 내려쓰고 아빠가 좋아하는 두꺼운 솜이불을 바느질했다. 엄마는 화장실에 앉아 구슬픈 노래를 지어 부르곤 했다. 엄마의 도시락 속엔 늘 예쁜 글씨의 쪽지가 들어 있었다. 친구들이 보면 놀릴 것만 같아 숨겨 읽었다. 엄마가 만들어 준 김밥은 늘 터져 있었다. 터진 김밥을 먹다가 머리카락 한 올을 빼내야 했던, 어딘가 허술한 엄마였다.

주위 사람들은 내가 평소 얼마나 긴장하고 다니는지 모른다. 긴장한 표정을 숨기고 말해서인 것 같다. 나는 사람들 앞에서 말하는 직업을 갖고 있다. 대학교를 졸업하고 미국 대기업 기획팀에 입사했다. 매주 임원들 앞에서 영어로 발표했다. 크고 작은 회의도 주관했다. 두 번째로 가진 직업은 대형어학원과 대학교에서 영어강의를 하는 것이었다. 강의 초반, 사람들의 시선은 나를 강하게 압박한다. 긴장감이 높은 내가 사람들 앞에 서는 일을 계속하고 있다. 어딘가 허술하지만, 단단한 엄마의 한마디는 긴장을 사라지게 한다. "괜찮아. 천천히 해." 마음속으로 몇 번 되뇌면, 어느새 청중과 호흡하며 평온해진다. 부모의 한마디가 자녀의 인생에 큰 힘이 돼 준다.

"엄마, 서울은 어떤 곳이야?" 하고 내가 물으면, 엄마는 명동성당 다니던 이야기를 해 주었다. 엄마의 반짝이는 눈에서 나의 멋진 미래가 그려졌다. 나도 엄마처럼 일요일마다 명동성당에 가야지. 나도 엄마처럼 책 읽는 어른이 되어야지. 나도 엄마처럼 아이들의 아침잠을 오페라로 천천히 깨워야지. 아이가 잠에서 깼을 때 무언가를 하는 모습을 보여 줘야지. 그래서 모두에게 각자의 일과가 있다는 걸 느긋하게 알려 주어야지. 나도 엄마처럼 모든 일에 서두르지 않아야지. 엄마는 내 미래의 거울이었다.

엄마의 선택, 아빠

엄마는 부성애가 강하고, 책임감 있는 남편을 꿈꿨다고 했다. 엄마는 우리 아빠를 배우자로 택했다. 일 처리가 빠르고 완벽한 아빠는 시간이 오래 걸리는 나를 종종 꾸짖었다. 나는 혼이 나도 느린 아이였다. 아이를 키워 보니, 아빠의 마음이 이해되었다. 아빠는 일과 육아에 열정적인 분이었다. 엄마는 그런 아빠를 보며 '엄마의 자리를 대부분 내어 준다.'라는 마음이었단다. 지금도 친정에 가면 아빠가 반찬과 먹을거리를 잔뜩 밀봉해 싸

주신다. 어릴 때 나는 아빠의 과한 관심이 힘들었다. 언젠가 엄마는 우리에게 이런 말을 해 주었다. "아빠가 클 때 부모님이 바쁘셔서 그 서늘함을 이기지 못해서 그래. 너희가 힘들겠다. 아빠는 더 잘해 주고파서 그런 거야. 엄마는 저런 아빠가 가끔 가엾다."

아빠는 가족 여행을 참 좋아했다. 주말 아침이면 문 앞에 짐가방이 놓여 있었다. 차멀미가 심한 나를 데리고도 여행을 많이 다녔다. 아빠는 사진을 좋아해서 어릴 적 여행 사진이 많이 남아 있다. 멋진 옷을 입으면 자신만의 특별한 분위기가 생긴다며 잘 지은 옷을 몇 벌 사 주셨다. 언니가 입던 옷을 물려 입어 본 적이 없었다. 지금 생각해 보면, 언니는 키도 크고 팔다리가 길어서 그 옷이 내게 맞을 턱이 없었다. 혹시나 예쁜 언니 때문에 외모 콤플렉스를 가질까 봐 아빠는 늘 새 옷을 사 주셨다. 아빠가 딸 옷을 신경 써 주는 것이 흔하지 않다는 걸 대학생이 돼서야 알았다. 히피 옷을 입고 다니던 대학 시절의 나를 보며 고개를 갸우뚱하던 모습이 생각난다. 나는 늘 내가 가진 가장 좋은 옷을 입고 친정에 간다. 잘 어울리는 옷을 입고 가면, 아빠는 현관 앞에서 크게 칭찬해 준다. 부성애가 강하고, 책임감 강한 남자와 결혼하겠다던 엄마의 선택은 틀리지 않았다.

엄마의 꿈

2022년 엄마는 환갑의 나이로 만학도 대학생이 되었다. 공부를 하려면 체력이 필요하다. 매일 운동하던 엄마였기에 60대 만학도의 대학 생활이 가능한 것 같다. 엄마는 영어와 일본어를 10년째 배우고 있다. 외국어 실력이 좋아 일본 대학 교환 학생이 되었다. 좋은 체력과 유창한 외국어는 하루아침에 만들어지지 않는다. 엄마의 꾸준한 노력이 빛을 발하고 있다.

아빠는 자녀 셋을 독립시킨 엄마에게 대학 시간을 선물했다. 엄마가 일본에서 공부하는 동안, 아빠는 오롯이 혼자 집안일을 감당했다. 덕분에 아빠는 주부습진에도 걸렸다. 아빠는 매달 일본으로 엄마를 만나러 간다. 엄마에게 일본 생활은 큰 도전이었겠지만, 아빠에게도 쉽지 않은 선택이었을 것이다. 불도저 같은 아빠를 아낌없이 포용해 주는 엄마를 통해 좋은 아내가 되는 법을 배워간다. 남편이 좋아하는 두껍고 무거운 솜이불을 큰 바늘로 꿰매던 엄마. 엄마가 바느질하던 시간이 모여 지금의 행복한 우리 가족을 만들었다고 생각한다. 가슴 깊이 감사하다.

내 어린 기억 속에 늘 바느질 하고 있던 엄마. 감사해요. 젊은 시절의 엄마를 칼 라르손의 그림을 통해 만났답니다. 엄마. 존경합니다. 사랑해요.

한나 파울리
: 일상의 풍경

한나 파울리(Hanna Pauli 1864-1940)
<아침식사 시간(Breakfast Time)> 91×87, 1887

우리는 되도록 더 많은 것을 사랑하며 살아가야 해.
진짜 힘은 바로 거기에서 나오기 때문이란다.
더 많이 사랑하는 사람은 더 많이 행복할 뿐만 아니라, 자기 자신을 믿을 수 있어.

_『빈센트 나의 빈센트』, 정여울

밥상, 그 감사함에 대하여

_김현정

귀국

귀국이라는 단어에는 묘한 그리움이 배어 있다. 길든 짧든 해외에서 얼마간의 시간을 보내고 나면 공기를 떠도는 음식 냄새에서부터 신호등 모양, 버스 색깔까지 모든 것이 익숙한 고국이 그리워지게 마련이다. 2년간의 캐나다 생활을 끝내고 한국으로 돌아올 무렵 나도 그랬다. 많은 것이 그리웠지만 그중에서도 가장 그리운 건 엄마의 밥상이었다. 엄마는 음식 솜씨가 좋은 사람이었다. 바쁜 아침에도 뚝딱뚝딱 직접 동그랑땡을 빚고 매일 먹는 비슷한 도시락이 지겨울까 봐 소풍날도 아닌데 종종 김밥을 쌀 정도로 정성이 넘쳤다. 엄마가 해 준 밥을 먹고 자란 세월만큼 내 음식도 엄마의 맛을 약간은 닮아 있었다. 그래도 내 솜씨는 엄마의 손맛에 비할 바가 아니었다. 귀국일이 가까워질수록 그리움도 커졌다. 정들었던 나라를 떠나야 한다는 아쉬움과 고국으로 돌아간다는 설렘이 공존하는 나날이었다.

코로나 시대의 귀국은 간단하지 않았다. 비행기를 타는 데만도 여러 가지 서류가 필요했다. 먼저, 성인이라면 누구나 백신접종 증명서를 내놓아야 했다. 거기에다가 남녀노소 할 것 없이 모두가 코로나에 걸리지 않았음을 증명하는 음성 확인서를 제출해야 했다. 이런 서류 없이는 비행기에 아예 탑승할 수 없었다. 탑승 이틀 전에 하는 코로나 검사에서 양성 판정이 나오면 어떤 일이 벌어질지 생각만 해도 끔찍했다. 살고 있던 집을 비워야 하는 날짜도 정해졌고, 캐나다 생활 내내 우리와 함께했던 차도 팔아버린 후였다. 만약 넷 중 하나라도 코로나에 걸렸다는 결과가 나오면 한국행 비행기 근처에도 못 간 채 오갈 데 없는 신세가 될 터였다.

귀국을 위한 코로나 검사는 일 인당 100달러나 했다. 증상이 있어서 받는 일상적인 검사는 무료였지만 비행기 탑승을 위한 검사는 유료였다. 아픈 데도 없는데 그깟 코로나 검사 하나 받자고 100달러를 내려니 속이 쓰렸다. 그래도 달리 선택의 여지가 없었다. 투명한 가리개로 얼굴을 감싸고 수술실 의사처럼 온몸을 뒤덮는 파란색 가운을 입은 남자가 검사용 막대를 꺼내 들었다. 남자는 기다란 막대를 조심스레 콧속으로 밀어 넣었다. 콧구멍을 부드럽게 휘감은 막대는 순식간에 밖으로 빠져나갔다. 어떤 통증도 없었다. 검사를 앞두고 무섭다며 한참을 울었던 딸마저 아파할 새도 없이 검사가 끝났다며 어리둥절해했다. 비싼 값을 치러서 가슴 아픈 고객들에게 육체적인 통증만은 안기지 않겠다는 신념이 굳건했던 걸까? 정말이지 100

달러가 아깝지 않은 '노 페인(no pain)' 서비스였다.

긴장이 감도는 인천공항

사람이 북적이는 좁은 공간은 코로나바이러스가 확산하기 딱 좋은 곳이라고 했다. 그래도 마음이 조금은 느슨했다. 캐나다를 떠나기 전에는 혹시라도 비행기에 타지 못한 채 남의 나라에서 천덕꾸러기 신세가 될까 봐 벌벌 떨었다. 무사히 한국행 비행기에 올라탄 이상 두려울 게 없었다. 어차피 해외입국자는 2주 동안 의무적으로 자가격리를 해야 하던 시절이었다. 설사 비행 중에 코로나에 걸린다 한들 딱히 달라질 것은 없었다. 느긋한 마음으로 기내식을 먹고 영화를 몇 편 보고 나니 인천이었다.

무사히 귀국했다는 안도감을 즐길 새도 없었다. 인천공항은 더 이상 낭만적인 공간이 아니었다. 공항 어디에서도 설렘 가득한 미소나 작별의 아쉬움 같은 건 찾아볼 수 없었다. 날카로운 긴장감만이 감돌았다. 열세 시간의 비행 끝에 한국에 도착했지만 공항 밖으로 나가기는 쉽지 않았다. 적외선 열 카메라를 지나, 서류를 제출하고, 자가격리 감시 앱도 깔아야 했다. 투명한 아크릴 칸막이 뒤에 몸을 숨긴 공항 직원들은 입국자가 알려 준 전화번호가 맞는지 일일이 전화까지 걸어 확인했다. 물 샐 틈 없이, 아니 바이러스 샐 틈 없이 완벽하게 한국을 지켜내겠다는 투철한 의지가 엿보였다. 한참 만에 경계가 삼엄한 입국장을 벗어나 새하얀 방호복을 입은 사람들을 따라가니 캐나다에서 예약해 둔 택시가 우리를 기다리고 있었다. 택시를 타고 인천을 빠져나오는데 멀쩡했던 하늘에 구멍이 뚫린 것처럼 폭우가 쏟아졌다. 긴장이 풀린 탓인지 졸음이 밀려왔다. 꾸벅꾸벅 한참을 졸다 눈을 뜨니 택시가 세종시로 들어섰다. 언제 비가 내렸냐는 듯 하늘은 맑았다. 2년 만에 본 세종시의 스카이라인은 뉴욕처럼 화려하게 바뀌어 있었다.

환영의 밥상

2년 만에 돌아왔다는 기쁨은 금세 가라앉았다. 당장 2주 동안 갇혀 지낼 생각을 하니 막막했다. 일단 허기부터 달래야 했다. 저녁으로 무얼 먹어야 할지 머리를 굴렸지만 쉽게 답이 나오지 않았다. 배달앱을 뒤지며 메뉴를 고민하던 찰나, 나를 구원하는 메시지가 날아들었다. 환영의 밥상을 차려 주고 싶은데, 그럴 수 없으니 저녁을 포장해 집 앞에 갖다 두겠다는 친구의 카톡이었다. 해외에서 입국한 사람은 모두 잠재적인 코로나 감염자로 의심받던 시절이었으니 함부로 대문을 열 수도 없었다. 친구가 집 앞을 떠난 후 조심스레 연 대문 앞에는 하얀 비닐봉지가 몇 개 놓여 있었다. '격하게 환영합니다'라는 글귀가 적힌 커다란 봉지 안에는 따뜻한 미역국이, 그 옆 작은 봉지에는 차가운 아이스크림과 시원한 물이 들어 있었다. 물론, 아이들이 반긴 건 밥보다는 아이스크림이었다.

친구의 배려 덕에 저녁은 쉽게 해결했지만 진짜 문제는 다음 날 아침이었다. 외출은 금지였고 아침부터 배달 음식을 먹기는 부담스러웠다. 미역국으로 허기진 배를 달래자마자 아침 걱정을 하며 집을 둘러봤다. 어느 한 구석 엄마의 손길이 닿지 않은 곳이 없었다. 엄마는 텅 빈 집에서 2주 동안 생활하는 데 필요한 물건을 집안 곳곳에 채워 뒀다. 당장 필요한 이불이며 베개 같은 침구류는 말할 것도 없고 밥그릇이며 물컵, 빨래 바구니까지 온갖 생필품이 갖춰져 있었다. 냉장고도 엄마가 담근 간장이며 된장, 고추장, 매실청, 김치 같은 귀한 재료로 그득했다. 멸치 육수에 집된장을 풀어서 끓인 된장찌개와 엄마가 직접 담근 김치를 올린 아침 밥상에서 엄마의 손맛이 났다. 엄마가 요리한 진짜 엄마 밥상 앞에 다시 앉기까지는 한참 더 걸렸다. 그래도 귀국 다음 날 우리 네 식구의 마음을 뜨끈하게 데워준 첫 아침상은 엄마의 사랑이 듬뿍 담긴 엄마 밥상이었다.

일상, 단순한 행복

_김혜정

아침 밥상

결혼 전 친정은 꼭 아침밥을 먹었다. 집을 나서는 시간이 다 제각각이라 한 상에 모여 밥을 먹진 않았지만, 여섯 명의 식구가 세 그룹으로 나뉘어 아침을 먹었다. 첫 번째 그룹은 새벽밥을 드시고 출근하던 아빠와 보충수업을 위해 일찍 봉고를 타는 나였다. 두 번째 그룹은 시간밥을 드시던 할머니와 엄마였고, 실업계 고등학교에 다니던 여동생과 늦잠꾸러기 남동생이 마지막으로 밥을 먹어야 상이 치워졌다.

엄마는 아침마다 솥에 새 밥을 지었다. 그릇에 담긴 밥은 김이 나고 초밥용 밥알처럼 윤기가 좌르르 흘렀다. 특별한 재료는 아니어도 때때에 나오는 제철 재료로 차려진 건강밥상이었다. 그래서일까, 음식 재료에 대한 거부감이나 편식이 없다. 엄마의 한상차림 아침밥을 먹고 살아온 터라, 나의 아이들에게도 아침은 잘 챙겨주겠노라 약속했었다. 적어도 작은 아이가 중학교에 다니던 때까지는 챙겨줄 수 있었다.

현재는 각자의 스타일대로 편하게 아침을 먹는다. 남편은 아침식사를 건너뛴다. 대신 온갖 약과 보조제를 먹는다. 나는 청국장 환을 20알 정도 털어 넣고 사과 반쪽이나 녹즙을 내려 먹기도 하고, 가끔 빵 한 쪽에 커피를 마시기도 한다. 위암 수술을 하고 추적 관찰하던 5년은 아침뿐 아니라 삼시 세끼를 건강식으로 악착같이 차려 먹었다. 그렇지만 지금은 먹는 것에 조금 느슨해졌다. 두 아이는 간편하게 시리얼을 먹거나 구워 둔 고구마, 삶은 달걀, 과일을 입맛에 맞게 찾아 먹는다.

한 상에 앉아 아침밥을 먹는 일은 주말에나 가능하다. 주말엔 한식으로 차리려고 한다. 나는 '밥이 보약이다.'란 말을 믿는다. 우리 몸엔 국내산 제철 재료로 만든 음식이 약처럼 작용한다. K-Food 한식 밥상이 건강에 최고라고 생각하는 일인이다.

티타임과 예쁜 그릇 욕심

한나 파울리의 그림에서 은색 찻주전자와 홍차를 마시는 찻잔이 유독 눈에 들어왔다. 그리고 파란 유리 볼, 그린 색의 설탕통과 다양한 액체류를 담은 병들이 보였다. 음식이나 디저트를 담아내는 식기류에 관심이 많아 당연한지도 모르겠다.

아직 유럽이란 문화권에 가 보지 못했다. 간접적으로 책과 검색으로 알게 된 것들이 많다. 차 문화가 발달한 영국엔 '애프터눈 티(afternoon tea)' 문화가 있고, 북유럽에는 하루에도 몇 차례씩 커피와 간식을 즐기는 '피카(fika)'가 있다. 애프터눈 티에서는 예쁜 접시가 놓인 삼단 트레이가 기본이 된다. 층별로 1층엔 샌드위치, 2층엔 잼과 크림을 발라 먹을 수 있는 스콘, 3층엔 케이크나 비스킷, 마카롱 등의 달콤한 디저트를 담는다. 그리고 홍차를 곁들인다.

음식이 도드라져 보이려면 식기는 단순하고 깨끗한 것이 좋지만, 차와 디저트를 담는 잔과 접시는 꽃무늬가 있어야 어울린다. 쇼핑 중에 주방용품 파는 곳에 가는 걸 좋아한다. 식기나 찻잔, 커트러리 세트를 구경하다 집으로 데려오는 것은 나에게 즐거운 일 중 하나이다. 음식에 따라 담을 그릇들이 달라지는 것은 때와 장소에 맞춰 옷을 다르게 입는 것과 같다. 식기들을 풀세트로 갖추고 있진 않지만, 필요한 것들을 한두 가지씩 다양하게 가지고 있는 이유다.

휘겔리한 삶

상을 차릴 때는 그저 음식을 만들어 올리는 데서 끝내지 않고 조화롭게 배치하면 좋겠다. 또한 경치가 빼어나거나 자연과 함께 할 수 있는 장소라면 더할 나위 없이 좋을 것이다. 〈아침식사 시간〉의 그림 속 여인은 따사로운 햇살과 싱그러운 나무 아래에 테이블을 차리는 중이다. 나무 탁자 위에 하얀 테이블보를 씌우고 냅킨도 돌돌 말아 냅킨 링을 끼웠다. 접시 위에 찻잔과 찻잔 받침이 놓여 있다. 작은 스템 글라스에 꽂힌 붉은 꽃, 빵을 덮어 놓은 유리 돔 뚜껑과 소소한 것들까지 신경을 썼다. 건강하고 소박한 북유럽 요리가 어울릴 상차림이다.

그림을 보며 『휘게[7] 라이프스타일 요리(Hygge Lifestyle Food)』라는 책을 다시 열어 보게 되었다. 행복 지수가 높은 나라 덴마크의 식탁을 보여 준다. 화려한 음식이 아니라도 좋다. 가족 또는 친구들과 함께 추억을 만드는 시간, 모여 앉아 음식을 나누며 행복함을 느끼는 일상, 작지만 만족하는 모든 것이 휘게이다. 휘게의 어원은 불분명하지만 편안하고 아늑함을 내포하는 삶의 행복을 가리킨다고 한다. 한때 유행했던 '소확행(소소하지만 확실한 행복)'과 같은 의미이다. 휘게 라이프, 소확행을 내포할 수 있는 명언이 생각난다.

행복을 즐겨야 할 시간은 지금이다.
행복을 즐겨야 할 장소는 여기다.
- 로버트 인젠솔

---

7 편안함이나 아늑함을 뜻하는 명사. 휘게라는 단어 자체를 '사랑하는 사람들과 어울리는 시간을 소중하게 여기며 삶의 여유를 즐기는 라이프스타일'이라는 의미로 쓸 수 있다.

사랑의 식사 시간

_유승희

사랑이 오가는 시간

미국의 정신분석가 칼 메닝거는 "사랑은 주고받는 모두를 치료한다."
라고 말했다. 사랑하는 가족과 친구, 그리고 나 자신을 위해 정성껏 만든 한
끼는 소중하다. 식사 시간은 사랑을 주고받는 시간이다. 취향에 맞는 그릇
을 조심히 꺼낸다. 요리에 맞게 꾸밀 작은 소품들을 이리저리 옮겨 본다. 계
절을 알리는 꽃, 불을 붙이지 않아도 멋을 더해 주는 은촛대, 은식기, 겹겹
이 쌓인 접시들, 각자 제 쓰임새를 갖고 있다. 식지 않도록 은근하게 데워지
는 요리, 온기 있는 그릇이 식탁에 올려져 있다. 약속 시간에 모인 사람들이
하나둘 크고 작은 선물을 들고 온다. 사람들의 온기가 더해지면, 모두가 자
리에 앉아 따뜻한 요리를 즐길 준비를 한다. 초대받은 이와 식탁을 준비한
이도 모두 사랑으로 충만하다. 사랑이 담긴 식탁은 모두를 치유한다.

Breakfast

아침을 뜻하는 영어 단어 'breakfast'에 들어 있는 'fast'는 일반적으로 알고 있는 '빠르다.'는 뜻의 형용사가 아니라 '단식'을 뜻하는 명사다. 하루 중 가장 긴 시간을 공복(fast)으로 유지했다가 아침에 깨뜨리는(break) 것이 곧 아침(breakfast)이다. 작년 11월부터 아침식사를 건너뛰며 16시간의 공복 상태를 유지해 왔다. 두 달 만에 몸무게 5kg이 빠졌다. 운동을 추가하니 4kg이 더 빠져 총 9kg을 감량했다. 앞자리가 바뀐 것도 뿌듯한 일이지만, 무엇보다 체력이 좋아졌다. 몇 달간의 번아웃 후, 본격적으로 운동을 시작한 것은 봄이었다. 건강한 몸과 마음으로 사람들 앞에 서서 영어강의를 할 때 느낀 점을 이야기했다.

사람이 행복한 상황이 아니면 입맛도 없고, 좋은 노래를 듣고 아름다운 것을 보아도 무뎌진다는 것을 알게 되었다. 인간의 오감은 걱정 없을 때 온전히 느낄 수 있다. 학교생활이 힘들었던 나는 용기를 내 부모님께 "도와주세요."라고 말씀드렸다. 부모님과의 오랜 상의 끝에 중학교를 자퇴했다. 학교를 그만두고 나는 매일 학교에 가듯 도서관에 갔다. 소속감이 필요했다. 공부를 마치고 집으로 돌아가는 길에 다짐한 것이 있다. 어른이 되어 전문성을 갖게 되면, 어떠한 형태로든 도서관에 은혜를 갚고 싶다고. 2024년 보답의 기회가 생겼다. 상반기에는 영어 교육에 관심이 큰 학부모를 대상으로 강연을 했고 행복하게 영어를 배우는 방법도 나눴다. 하반기에는 서울의 한 고등학교에서 영어를 흥미롭게 공부하자는 내용으로 동기부여 강연도 했다.

나는 교복 입는 것을 좋아했다. 나에게 가장 잘 어울리는 옷이라고 생각했다. 지금도 교복 입은 학생들, 제복을 입은 사람들이 지나가면 멋있어 보인다. 강연하러 간 학교에서, 교복을 입은 학생들이 무척 부러웠다. 한 아이가 그토록 갖고 싶어 한 학교에서의 하루였다. 영어 교육 강연자가 된 아이는 학교 등나무 아래에서 자신의 강연을 기다리며 행복했다. 힘들 때 배웠던 영어가 나를 좋은 곳으로 데리고 가는 것 같다.

아침식사와 영어 교육의 닮은 점

나는 영어 교육에 관심 있는 학부모를 위한 강연도 하고 있다. 영어를 배우는 자녀에게 부모의 칭찬은 중요하다. 영어를 좋아하게 만드는 방법이다. 16년간 영어 강의를 해 보니, 부모님께 자주 칭찬받는 학생의 실력이 빠르게 좋아졌다. 영어의 장점을 느낄 수 있는 환경이 중요하다. 영어가 교과목 중 하나가 아닌 실생활과 미래에 자산이라는 걸 알려 주면 좋다.

부모님은 업무차 해외에 나갈 때 통역사를 고용하곤 했다. 그만큼 영어의 중요성을 누구보다 잘 알고 계셨지만, 세 자녀에게 영어를 강요하지 않았다. 우리 가족은 주말마다 외국 영화를 다섯 편씩 보았다. 엄마는 종종 일본어로 된 유아 프로그램을 비디오로 빌려왔다. 영화 '인사이드 아웃'에서 나온 '핵심 기억(core memory)'처럼 외국어를 흥미롭게 접한 기억이다. 나는 여러 나라 친구와 대화할 수 있다. 흥미롭게 접한 외국어는 중국어, 스페인어, 이탈리아어로 확장되어 현재도 계속 배워나가는 중이다.

어릴 때 나는 영화 속에 나오는 다른 나라 언어가 궁금했다. 호기심은 좋은 교육의 시작이다. 초등학교 3학년 때는 수학반 옆 영어교실에서 흘러나오던 '빙고(Bingo)'를 따라 불렀다. 영어 수업이 듣고 싶었다. 부모님과 상의 후 영어 전문 학원에 다니게 되었다. 대단한 실력은 아니었지만, 부모님은 내가 영어 하는 것을 기뻐하고 자랑스러워하셨다. 부모님은 시험용 영어가 아닌 친구를 사귈 수 있는 영어를 하길 바랐다.

엄마가 차려 준 아침을 먹고, 어떻게 소화하느냐는 오롯이 자녀의 몫이다. 영어를 교과목이 아닌 한 나라의 언어로 받아들이면, 시간이 흘러 영어를 즐기게 된다. 나의 영어 동기부여 강연 주제이기도 하다. 한나 파울리의 〈아침식사 시간〉을 보며 글을 쓰고, 몇 개월 뒤 전시회에서 그림과 마주했을 때 전율이 흘렀다. 그림을 보고 나의 이야기를 할 수 있다는 것이 얼마나 근사한 일인지 다시 한번 느낄 수 있었다.

그대들을 위한 만찬

_이지연

김밥과 사발면

아이들이 두 발로 걷기 시작하자 남편은 바빠졌다. 고등학생을 주로 가르치다 보니 주말은 자기 아이들보다 학생들과 함께하는 시간이 더 많았다. 12월 마지막 한 주를 제외하면 남편은 수능 준비생들을 챙기느라 늘 바빴다. 그런 남편 덕에 쌍둥이 육아는 나의 몫이었다. 남편은 일하느라, 나는 아이 둘을 혼자 키우느라 둘 다 힘이 들던 때였다.

온 세상이 늦잠을 응원하는 일요일 아침, 남편은 남들보다 일찍 일어나 집 앞 김밥집에서 김밥 한 줄과 그가 사랑하는 '왕뚜껑' 사발면을 사서 출근했다. 아무도 없는 교무실에 앉아 뜨거운 물을 부어서 먹는 라면은 그 어떤 것도 대신할 수 없다고 했다. 이따금 아침이라도 차려 주려고 일어나면 라면을 먹는 소소한 기쁨을 빼앗지 말라며 한사코 내 등을 떠밀었다. 나를 편하게 해 주려는 마음이었을까, 아니면 진짜 남편의 즐거움이었을까. 이제는 알 수 없지만 늘 일요일 아침식사는 김밥 한 줄과 사발면 한 그릇이었다. 남편의 아침을 제대로 차려 주지 못해 마음이 불편했지만, 그가 정말 좋아했기에 무거운 마음을 좀 내려놓기로 했다.

우리를 위한 음식

사실 남편은 나보다 요리를 더 잘했다. 신혼 초에는 주로 내가 요리하고, 설거지가 그의 일이었다. 그래서 그가 요리를 잘하는지 알 수 없었다. 라면은 그가 제일 잘하는 요리였다. 결혼 5년 만에 아이를 갖게 되고 내가 일이 바빠지면서 남편은 나와 배 속의 아이들 밥을 전담하게 되었다. 그때부터 그는 요리 공부를 시작했다. 신혼 초 나는 친정엄마가 알려 주는 방법대로 음식을 만들었다. 엄마가 알려 주는 레시피로 같은 반찬만 만들다 보니 새로운 음식 만들기에 도전 정신이 부족했다. 하지만 남편은 나와 달랐다. 요리책을 몇 권 사서 읽더니 나에게 해 주고 싶은 요리를 뚝딱뚝딱 금방 만들었다. 솜씨도 정갈했다. 그가 만들어 준 삼치 무조림은 정말 일품이었다. 나는 흉내 낼 수 없는 솜씨였다. 아빠가 해 주는 삼시 세끼를 먹으며 배 속의 아이들은 무럭무럭 자랐다. 덕분에 출산까지 아이들을 잘 지키며 건강을 유지할 수 있었다. 쌍둥이는 태어나면 둘 중 하나가 인큐베이터에 들어가는 경우가 종종 있다. 그러나 우리 집 쌍둥이는 2.56kg, 2.4kg으로 태어났고 인큐베이터에도 들어가지 않았다. 이게 다 남편 덕이라고 생각한다.

가까운 곳의 행복

코로나로 온 세상이 멈추게 되었을 때 남편이 아팠다. 오랜 수술과 항암 치료가 그를 힘들게 했다. 그는 아픈 몸을 이끌고 다시 요리를 시작했다. 유튜브로 아이들이 좋아할 만한 음식을 찾고 재료를 준비하는 남편의 모습은 영락없는 요리사 같았다. 남편은 누군가를 위해 요리할 수 있다는 사실에 기뻐했다. 다른 한편으론 이 행복이 오래 갈 것 같지 않다며 몰래 눈물을 훔쳤다.

그 당시 남편은 계속되는 전이로 자연 치유식으로 식단을 조절하고 있었다. 식사 전엔 유기농야채로 직접 만든 녹즙과 당근, 사과, 레몬이 든 과채즙을 마셨다. 30분 후, 샐러드와 과일을 섭취했다. 1시간에 걸쳐 현미밥과 각종 나물 반찬, 단백질 보충을 위해 두부를 먹었다. 그게 전부였다. 남편은 간이 전혀 되지 않은 음식으로만 식사할 수 있었다. 아주 가끔 간을 하기도 했지만, 그럴 때마저 염도가 낮은 간장이나 고추장, 된장을 이용했다. 정말이지 철저히 식단을 관리했다. 먹는 걸 매우 좋아하던 사람이었는데 하루아침에 아무거나 먹을 수 없게 되었으니 얼마나 힘들었을까?

얼마 전, 두 아들은 저녁 식사를 하며 아빠가 해 주던 요리를 떠올렸다. "아빠가 만든 크림 새우 또 먹고 싶어. 그렇게 맛있는 음식은 없었다니까. 그렇지?", "맞아 내 소울푸드야.", "아빠가 한 요리는 최고였어." 또 먹는 이야기냐며 핀잔을 주고 돌아섰다. 따스한 온기가 나를 감싼다. 그래, 아빠는 너희에게 이런 추억을 남기고 갔구나. 아빠를 그리워할 수 있는 음식이 있어서 다행이다. 그 음식은 아빠의 사랑이란다. 아빠의 요리에는 아빠를 추억하게 만들고 아빠의 사랑을 기억하게 하는 힘이 있단다. 비록 몸이 떨어져 있어 지금은 만날 수 없지만 아빠가 만들어 준 음식을 기억하며 우리는 아빠와 함께하는 것이란다.

함께 만들고 나누던 소중한 추억이 없었더라면 우리는 지금 어떻게 살아가고 있을까? 우리에게 추억을 남겨 주고 간 남편이 한없이 그리워지는 날이다.

여보
아이들에게 추억을 만들어 줘서
우리 삶의 이유가 되어 줘서
고마워요.

4
관

나를 만나는 날

윌리엄 오펜
: 피어오르는 영혼

윌리엄 오펜(William Orpen 1878-1931)
<런던 거리의 창문(A Window in London Street)> 103×87, 1901

오래된 양식을 뒤엎어 버리려거나 새로운 양식을 만들 생각은 전혀 없어.
단지 다른 누구도 아닌 나 자신이 되고자 했을 뿐이야.

_에두아르 마네

소망
_김경애

파리의 숙소

7년 전 프랑스에 갔을 때 에어비엔비(전 세계 숙박 공유 서비스)로 숙소를 구했다. 공동주택 3층이었고 역에서 가까워 편리했다. 그림처럼 창밖으로 맞은편 건물의 창문과 테라스가 보였다. 인접해 있지만 건물이 예뻐서인지 답답한 느낌은 들지 않았다. 실제 거주하는 사람은 어떨지 모르겠지만 말이다. 맞은편 예쁜 건물의 창문과 테라스를 보며 어릴 적 보았던 TV 만화 '소공녀 세라'에서 원숭이가 테라스로 돌아다니던 장면이 떠올랐다. 거실, 침실, 욕실, 주방이 한 개씩 있는 작은 숙소였다. 도로에 접해 있어서 소방차의 사이렌 소리가 아주 잘 들렸다. 우리나라 사이렌 소리와는 비교도 안 되게 무척 컸다. 새벽에 왜 그렇게 소방차가 다니는지 알 수 없었지만 잠결에 사이렌 소리가 매우 크게 들렸다.

파리의 박물관

먼저 파리의 대표 명소 루브르 박물관을 찾았다. 박물관은 하루에 다 볼 수 없을 정도의 큰 규모를 자랑했다. 정물화, 풍경화, 초상화, 역사화, 종교화가 있는 전시 방마다 크고 작은 그림들이 그득히 걸려 있었다. 그 유명한 〈나폴레옹 1세의 대관식〉과 〈민중을 이끄는 자유의 여신〉도 있었다. 레오나르도 다빈치의 〈모나리자〉는 유명세에 비해 크기가 작았다. 조그마한 그림에 몇 겹의 투명 방어벽이 있었고 관람객도 가득했다. 고개를 빼고 이리저리 둘러보며 사람들 사이에 공간을 비집고 들어가서야 간신히 그림을 볼 수 있었다. 그 불편함으로 유명세에 비할 감흥은 없었고 박물관 내 전파가 잘 잡히지 않아 통화하는 데에도 어려움을 겪어야 했다. 전시 관람을 마치고 숙소에 들어가면서 마트에 들러 와인과 치즈, 살라미를 샀다. 동네 마트의 저렴한 와인임에도 포도의 진한 맛과 입안에 감도는 풍미가 그만이었다. 저녁 식사 후 맛있는 와인을 마시며 33년 지기 친구와 목이 쉬도록 수다를 떨었다. 평소 나는 대화에서 주로 상대의 이야기를 듣는 편이다. 그러나 초등학교 2학년 때부터 함께 성장해 나를 잘 알고 수용해 주는 친구와 함께하니 상대의 반응을 살필 걱정 없이 신나게 대화의 꽃을 피웠다.

이튿날, 20세기 초반 이후의 현대미술 작품이 있는 퐁피두센터에 갔다. 영국의 팝아트 화가 데이비드 호크니의 전시가 한창이었다. 짐을 맡기고 전시를 둘러보고 기념품 가게도 구경했다. 퐁피두센터 앞 빈티지 가게에서 예쁜 꽃 원피스를 하나 사고 골목 안 식당에서 점심 식사로 샐러드와 로제 와인을 주문했다. 파리지앵은 저녁 식사만 잘 차려 먹고 아침은 오믈렛과 커피, 점심은 간단히 샐러드 정도만 먹는다고 한다. 또한 식사 때마다 와인을 곁들인다. 밥과 국을 함께 내는 한식과 달리 그들의 식탁엔 국물이 없어 목이 메어 그런가 싶기도 했다.

파리의 식당

파리의 유명한 명화나 맛 좋은 와인보다 더 나의 시선을 사로잡은 것이었다. 십 대 자녀와 함께 식당을 찾은 가족의 모습, 부모와 두 자녀가 함께 대화하며 식사하고 있었다. 우리나라에서는 십 대 자녀가 부모와 식당에 가면 으레 자녀들은 핸드폰 삼매경에 빠져 있다. 그런데 그곳의 십 대 자녀는 부모와 대화하는 것이다. 부모와 청소년 자녀가 대화하는 풍경을 보며 나는 그저 부럽기만 했다. 그때 당시는 아이들이 어렸지만 나도 아이와 식사하며 대화하는 부모가 되고 싶다는 소망을 품었다. 우리 아이들이 십 대가 된 지금 우리 집의 식사 시간을 보면 그것은 단지 소망이었을 뿐이다.

아들이 고등학교 진학 후 얼마 지나지 않아서 1년 가까이 사귀어 온 여자 친구와 헤어졌다는 소식을 전했다. 2023년 어린이날에 연애를 시작할 때도 음료수 한 상자를 사 들고 친구들과 함께 단체로 와서 인사를 했다. 아들의 첫 연애였다. 배구선수의 꿈을 가진 여자 친구 덕에 아들도 배구부에 들어가 함께 운동도 하고 시험 기간이면 공부도 같이했다. 가끔은 집에 와서 놀기도 하며 한동안 학교의 공식 커플이었다.

내가 소망을 품었던 파리의 어느 식당에서 본 것처럼 식사 시간에 도란도란 대화하는 부모 자식은 되지 못했다. 우리 집 청소년들은 여전히 식사 시간에 핸드폰 삼매경이다. 그래도 신변의 주요 사건 정도는 전해 주는 아들이어서 고맙다. 아들이 여자 친구를 만나지 않아서 오랜만에 주말을 함께 보낼 수 있었다. 가족이 함께 여의도로 벚꽃 구경을 다녀왔다. 중간고사가 코앞이지만 다이어트와 공부는 언제나 내일부터….

기·승·전·결 엄마

_김경진

여인의 갤러리

그녀는 런던 어느 거리 2층에 있는 오래된 갤러리를 운영한다. 푸른 롱드레스는 누군가를 기다리는 듯한 그녀의 마음처럼 한껏 부푼 상태다. 그녀의 시선은 설렘으로 가득하다. 아마도 그녀는 사교모임에서 만날 이들을 궁금해하며 약속 시간을 기다리고 있는지도 모른다.

어느 건물주가 오래된 건물 1층 상가에 갤러리를 열고 내게 운영을 맡겼다. 밝은 조명과 입간판으로 갤러리임을 알 수 있었다. 지나가던 사람들은 전시 포스터를 보고 건물 안으로 들어와 어색하게 얼굴을 빼꼼 내밀기도 했다. 조용한 동네에 들어선 갤러리는 사람들의 궁금증을 유발했다. 첫 전시는 화사한 작품들로 봄을 알리는 2인전으로 진행됐다. 주제는 '그리고, 봄'이었다.

제아무리 강남이라도 이동 인구가 적은 동네 골목길이었다. 그런 길에서 문을 열고 갤러리로 들어가는 건 높은 담을 넘는 것처럼 어려운 일이었다. 주중에는 손님이 드물었다. 주말이 되면 북적북적했다. 조용한 건물에 와글와글 손님들이 드나들자, 건물주인은 몹시 불편해했다. 깨끗한 건물 유지를 위해 포스터를 붙이는 일도 거부했다. 처음 가졌던 마음이 염려와 걱정으로 번져갔다. 의욕만큼 환경이 따라 주지 않는다는 기분이 들었다. 무슨 작품을 어떻게 소개할까? 이야기를 어떻게 풀어갈까? 고민하고 애쓰던 열정의 불덩이가 서서히 식기 시작했다.

절대 우아하지 않았어

갤러리 운영이라고 하면 사람들은 우아한 일이라고 생각한다. 갤러리에 누군가 찾아오게 되면 나는 작가의 철학, 인생 여정, 신작에 담긴 이야기들을 즐겁게 풀어놓았다. 작가와의 대화는 며칠 동안 이어졌다. 전시에 찾아온 관람객은 나의 전시 해설에 감동하거나, 신선한 자극을 받았다고 했다. 각자 느낀 감정과 생각을 교환하는 시간은 내게도 소중하고 행복했다. 예술이 가진 힘은 진심이 담긴 소통이라 생각한다. 하지만 시간이 지날수록 판매에 대해 생각하지 않을 수 없었다. 전시가 종료되는 날에 작품들이 다시 포장되어 돌아갈 때 마음이 무겁기도 했다. 마음먹고 시작한 운영에 약속하고 늦은 시간까지 오지 않는 사람, 무작정 작품 가격을 깎아 달라는 사람 등 갤러리 운영자의 삶은 쉽지 않았다.

급하게 문을 닫고는 주차장으로 뛰었다. 서둘러 액셀러레이터를 밟았다. 퇴근이 늦어지면 엄마를 기다리는 아이들에게 미안한 마음이 들었다. 그림 속 여인과 비교되는, 앞과 뒤가 다른 삶이었다. 어떤 일을 하든 워킹맘은 쫓기듯 살 수밖에 없다. 동영상 속에서 2.5배속으로 움직이는 주인공의 속도만큼 빠르게 움직여야 한다. 하루의 앞 시간은 열심히 일을 하고, 저녁에는 육아와 밀린 살림으로, 밤에는 내일을 위해 시간을 쪼개고 또 쪼갠다. 푸른 롱드레스를 입었다면 입은 채로 집으로 향해야만 한다. 큰마음을 먹고 가족의 양해를 구하면서 시작한 일이었는데 실망감을 맛보았다. 엄마라는 자리는 바깥세상에서 새로운 일을 시도할 때 많은 것에 양해를 구해야 하고, 가족이 함께 희생해야 한다는 것을 처음 깨달았다.

다시 시작할 수 있을까

예쁘게 차려입고 약속 시간을 기다리며 모자를 들고 있는 저 여인과 나의 삶을 비교해 보았다. 내가 만약 결혼하지 않았다면 퇴근 후 여유로웠을 것이다. 잘 차려입고는 크고 작은 모임에 나가며 하루의 2부를 즐겼을 것이다. 하지만 나는 집으로 부리나케 가서 엄마와 아내의 역할을 해야 했다. 갤러리 운영자의 우아함 뒤에는 현실 엄마의 불나는 발바닥만 존재했다. 15년 전에 댄스스포츠를 배우기 위해 퇴근 후 한 시간 반 동안 지하철을 타고 부천에서 삼성역으로 갔다. 빛나는 댄스 구두를 신고 룸바와 차차차를 배웠다. 최대한 빛나고 깊이 팬 댄스복을 사러 다니며 즐거워했다.

오랜 시간 모셔 둔 댄스화를 꺼내 보았다. 신발장 속에서 속절없이 지나간 세월의 흔적이 그대로 보여 마음이 묵직해졌다. 15년이 바람처럼 지나갔구나. 곧 다시 시작할 수 있을 줄 알았다. 쉽지 않은 일이었다. 엄마의 발은 그간의 세월 동안 커져 버렸다. 발이 들어가질 않았다. 갈 곳 잃은 내 댄스 구두가 맥없이 빛을 잃었다. 구두와 짝을 이뤘던, 빛나는 댄스복도 맞지 않기는 마찬가지다. 제아무리 멋진 일을 시작해도 엄마의 삶은 그대로다. 엄마의 역할에 구멍이 나는 일이 없도록 나의 역할을 열심히 해내자.

자유롭지 못한 몸
_김혜정

시험 기간

커다란 창에 기대어 밖을 보는 한 여성이 있다. 나도 창밖을 멍하니 보던 때가 있었다. 고등학생 시절 시험공부를 하며 잠시 숨을 돌리던 시간과 교통사고로 병원 침대에 누워 창으로 병원 밖을 살피던 1년의 세월이다.

요즘은 벚꽃이 한창이다. 시험을 앞둔 학생들은 이맘때를 '벚꽃 시즌'이라 쓰고 '중간고사'라 읽는다고 한다. 자유로울 수 없음을 느끼는 표현이다. 난 아까시나무 향기가 진동하는 때가 오면 학창 시절 창가에 기대어 창밖을 하염없이 내다보던 과거가 떠오른다. 5월의 중간고사 기간으로 기억한다. 내가 다니던 학교는 아주대 근처에 있다. 물론 지금도 역사와 전통을 자랑하는 학교이다. 아주대 옆으로 난 언덕을 따라 올라가면 여우 골이라 불리던 숲길이 있다. 아까시나무가 많아 그 향기로움은 아찔할 정도였다.

오전에 서너 과목의 시험을 치른 후 나는 학교에 남았다. 물론 남아서 공부한다고 시험을 잘 치른 것도 아니지만 말이다. 나는 적어도 책을 덮고 있는 아이는 아니었다. 점심시간 후 교실 안으로 들어오는 햇살은 식곤증을 부르기엔 최적이다. 조용한 공간 안에서 감기는 눈을 이겨보려고 창가에 서서 책을 보곤 했다. 함께 공부하던 친구들이 나보다 일찍 집으로 가는 걸 보면서 부러웠던 기억이 난다. 혼자만의 착각일지 모르지만, 그들이 시험 공부를 끝냈다고 생각했다.

향기로운 아까시나무 꽃내음
봄바람에 실려

나의 코끝을 간질이는 때가 오면
삼십여 년 전

따뜻한 봄 햇살 받으며
문제집 풀던
십 대의 나와 마주한다.
- 자작 시

뜻밖의 교통사고

고등학교 1학년 여름 방학. 개학이 사흘 남은 날이었다. 학원에 다녔던 나는 친구들과 저녁을 먹고 산책하러 가는 중이었다. 내가 다니던 학원은 왕복 8차선 도로가 지나는 수원종합운동장 앞에 있었다. 쌩쌩 달리는 차를 피해 나를 포함한 여섯 명은 신호등이 없는 건널목 중앙선에 서 있었다. 여섯 명 중 제일 오른쪽 끝에 내가 있었다. 그때 나의 눈에 들어온 차는 삐뚤빼뚤 차선을 오갔다. 그 자리에 서 있지 않고 뒤돌아 도망쳤다. 음주운전자가 몰던 차는 가까이에 와서야 우리를 보고 핸들을 틀었다. 내가 뛰던 방향과 일치해서 신체적 아픔은 혼자 감내해야 했다. 사고의 순간 나는 정신을 잃었고, 그 당시 목격자였던 친구들은 외상 후 스트레스장애를 겪어야만 했다.

다발성 골절이었다. 머리부위가 터져 피를 많이 흘렸고 떨어지는 혈압 탓에 죽음의 문턱에 섰다. 왼쪽으로 쇄골, 갈비뼈, 종아리뼈가 부러졌고 골반뼈가 부서졌다. 불행 중 다행은 뇌 손상, 경추, 요추 골절과 장기 파열은 면했다는 것이다. 중환자실에서 2주를 보내고 일반 병실로 옮겼다. 두 번의 수술 후, 맞춰 둔 골반이 틀어질까 누워서 꼼짝도 못 하게 되었다. 하지만 무엇이 잘못된 건지 골반은 다시 틀어졌다. 수원 병원에서의 치료가 호전되지 않자, 나는 서울의 대학병원에 옮겨졌다.

그때 나의 모습은 비참했다. 침대의 네 귀퉁이에 쇠 파이프로 기둥을 세운 후, 침대와 공중에 도르래를 설치했다. 드릴을 이용해 철사를 박았다. 철사는 좌에서 우로 왼쪽 무릎뼈를 관통했다. 도르래에 끈을 이용해 다리를 걸어 올렸다. 혼인 후 다리가 묶여 발바닥을 맞던 새신랑의 모양새다. 공중에 붙잡아 매 둔 다리의 철사에 무게감 있는 추가 길게 드리웠다. 60년대 쌀집에서 쌀 무게를 달며 저울에 이용하던 구석기 유물 같은 추였다. 긴 추석 연휴가 있었고 의사 선생님의 일정은 가득 차 있었다. 당장 수술을 할 수 없는 상황이었다. 묶여있는 다리로 인해 몸을 움직일 수 없었다. 그때 내가 병실 밖 풍경을 볼 수 있던 건 창문과 커다란 손거울을 통해서였다. 창문을 통해 낮과 밤, 그리고 날씨와 계절을 알았다. 손거울로는 병실 문밖으로 지나가는 사람들과 문으로 드나드는 사람들을 구경하는 것이 다였던 자유롭지 못한 시간이었다.

프리다 칼로와 나

큰아이가 초등학생일 때 접한 멕시코 화가 프리다 칼로 이야기가 생각난다. 그녀는 어릴 적 소아마비를 앓아 장애를 가지고 있었다. 나처럼 큰 사고 이후 중증 장애를 갖게 된 예술가다. 지금의 나는 사고의 아픔과 고통을 회복하고 현재를 살아 내고 있지만 그녀는 마흔일곱, 내 나이 즈음하여 생을 마감했다.

움직일 수 없는 몸이었을 때를 기억해 본다. 나는 손거울 하나를 들고 지루함을 떨쳐 내는 너무나도 평범한 생활을 했다. 하지만 프리다 칼로는 붓을 들고 자신의 고통을 예술로 승화시켰다. 나도 거울을 통해 본 그 시간을 기록해 두었다면 어땠을까 하는 아쉬움이 남는다.

그녀의 죽음 후 남겨진 일기장에는 고통의 시간이 고스란히 적혀 있다. 기록의 마지막 페이지에 그려진 검은 천사가 날아오르는 그림과 한편의 글에서 삶이 얼마나 힘들었는지 짐작해 본다. 지금도 내 머릿속에 맴도는 한 문장. '이 외출이 행복하기를 그리고 다시 돌아오지 않기를.'

나를 찾는 시간

_박숙현

쉼이란 나만의 시간을 갖는 것

삶의 여유는 과연 무엇일까? 그것은 돈만 있으면 얻을 수 있는 것인가? 2008년, 나는 독박육아 워킹맘이었다. 아이를 어린이집에 맡기고 시작된 하루는 새벽이 되어서야 끝이 났다. 석사 논문을 마무리하던 어느 날, 나는 119 구급차에 실려 가고서야 알았다. 나에게 필요한 건 돈도 아닌 나만의 시간이었다. 결혼 생활 7년 만에 나는 지칠 대로 지친 상태로 정신과를 찾아야만 했다. 우울증이라는 진단을 받았다. 박사과정을 시작해야 한다는 압박감 속에서, 나는 결국 대학 강의와 운영하던 학원도 모두 그만둬야만 했다. 운명은 나를 외면하지 않았는지 남편의 유럽 발령으로 독일이라는 낯선 땅으로 이사를 하게 되었다. 24시간이라는 시간이 그렇게 길게 느껴지긴 처음이었다.

독일에서의 생활에 점점 익숙해졌다. 공원을 가로질러 딸아이를 유치원에 데려다주며 하루를 시작했다. 등원 길은 자연스럽게 아침 산책길이 되었다. 언젠가 한없이 우아하게만 보이던 백조들이 사납게 쪼아대는 모습을 보고 깜짝 놀라 빵 조각을 던지고 도망간 적도 있었다. 그날만 생각하면 나도 모르게 웃음이 났다. 오후가 되면, 하원 후 아이와 함께 느긋하게 동네 슈퍼에서 장을 보곤 했다. 돌아오는 길에 꽃집에 들러 계절 꽃 한 다발을 사 오기도 했다. 지금 생각해 보니 내가 나를 위해 꽃을 사 본 건 그날이 처음이었다. 한국에서는 해 보지 못한 경험들이었다. 늘 내겐 시간이 모자랐던 삶이었다. 나는 낯선 땅에서 낯선 시간을 만났다. 여유라는 선물은 달콤하기까지 했다.

품격이란 나만의 취향을 갖는 것

한 여인이 우아하게 서 있다. 손에는 챙이 달린 모자가 들려 있고 고급스러운 푸른색 드레스와 단아하게 손질된 갈색 머리에서는 그녀의 품격이 드러난다. 아치형 창문에서부터 샹들리에, 탁자 위 꽃병까지 무엇 하나 그녀의 취향이 배어 있지 않은 물건이 없다. 그녀의 유일한 걱정은 변덕스러운 영국 날씨뿐일 것이다. 내가 만난 유럽 여성들은 자기 삶을 소중히 여긴다는 인상을 받았다. 그 소중하다는 말속에는 자신만의 취향이 포함되어 있었다. 자신이 좋아하는 꽃과 향수 그리고 와인을 친구들에게 소개할 만큼의 분명한 선호가 있었다. 그녀들은 이따금 집으로 초대하며 내 취향을 물어보곤 했다. 내가 좋아하는 차와 와인, 선호하는 꽃, 심지어 알레르기

여부도 물어보곤 했다. 처음엔 낯선 문화가 어색하게 느껴졌다. 그들이 내 취향을 물어본다는 건 나에게 그만큼 관심이 있다는 뜻이었다. 나는 솔직하고 당당한 그녀들에게서 자유로움을 느꼈다.

독일에 사는 동안, 아무도 내게 아이와 남편이 있는지, 몇 살인지 같은 질문은 하지 않았다. 늘 내가 너무 많은 정보를 말하는 게 문제였다. 그건 나 나름의 생존 방법이기도 했다. 내가 먼저 개방해야 그들도 나에 대한 선입견을 버리고 잘 다가올 것 같다는 생각에서였다. 그녀들에게 배운 건 자신을 아끼고 사랑하는 삶의 태도였다. '삶의 품격은 우아함이 아닌 나를 잘 아는 것이 아닐까?'라는 생각을 하게 되었다. 나답게 살기 위해 처음 해야 할 일은 나에게 많은 질문을 스스로 하는 것이었다. 결국 내 삶을 끝까지 살아 낼 사람은 나였다. 나의 취향을 가장 잘 아는 사람은 나 자신이어야 함을 알게 되었다.

빛나는 삶이란 나답게 사는 것

쉰이 다 돼서야 30대에 떠난 한국으로 돌아왔다. 낯선 땅과 낯선 도시에서 일곱 번 이사하며 얻은 많은 추억을 안고, 내게 가장 익숙한 곳으로 돌아왔다. 내가 잠시 머물렀던 독일은 한가로운 곳이었다. 한국은 그곳과 달리 매우 빠르게 변하는 사회였다. 어디를 보나 온종일 열심히 살아가는 사람들이 넘쳐났다. 사회적 민감도와 불안이 높은 나라 한국에서 나답게 사는 방법은 무엇일까? 열심히, 성실하게만 살면 되는 것일까? 독일에서 내가 처음 배운 단어는 '랑잠(langsam)'이었다. '천천히'라는 의미의 독일어 표현이다. 한국어의 '빨리빨리'는 독일어로 '슈넬(schnell)'이다. 동양인 엄마인 내가 유치원에 가면서 가장 많이 사용했던 단어였다. 하지만 랑잠을 자주 사용하는 독일 엄마들을 보며 나는 문화적 차이를 절감했다.

내가 진정 무엇을 좋아하고 싫어하는지도 모른 채 살아간다는 건 너무 안쓰러운 일이다. 독일에서 내가 배운 건 자신을 돌보는 일을 최우선으로 생각하는 태도였다. 어린아이를 돌봐야만 하는 주부도 한 달에 한 번쯤은 아무 죄책감 없이 저녁 외출을 할 수 있는 그 나라의 문화가 부러웠다. 남성과 여성의 역할을 구분하며 사는 시대는 지났다고들 말한다. 하지만 한국에서 여전히 엄마라는 이름으로 살아간다는 건 쉬운 일은 아닌 것 같다. 그러나 우리가 모두 자신에게 조금 더 다정한 사람이 되었으면 좋겠다. 결국 빛나는 삶이란 나답게 사는 것이 아닐까?

오귀스트 로댕
: 나로 새기다

오귀스트 로댕(Auguste Rodin 1840-1917)
<다나이드(La Danaïde)> 31.7×67.2×44.9, 1889

슬프면 슬프다는 것을 알고

화가 나면 화가 난다는 것을 알고

사랑하면 사랑한다는 것을 알면서 나를 계속 지켜보는 일.

_『아주 희미한 빛으로도』, 최은영

문, 문, 문
_김경진

지옥의 문

영원한 지옥의 형벌을 받은 다나이드를 표현한 이 작품은 단테의 『신곡』 속 이야기를 기반으로 한다. 다나이드는 그리스 신화에 나오는 다나우스 왕의 딸이다. 왕은 사위에게 죽임을 당할 것이라는 신탁의 예언을 듣고 50명의 딸을 시집보내면서 하룻밤만 보내고 남편을 죽일 것을 명한다. 49명의 딸은 모두 남편을 죽인다. 하지만 남편을 죽이지 않아 지옥에 간 다나이드는 절대 채워지지 않는 독에 물을 퍼 나르는 형벌을 받는다. 물을 채우려고 애쓰지만 절대로 목적을 이룰 수 없어 절망에 찬 여인의 괴로움을 표현한 작품이다.

나는 전형적인 저녁형 인간이다. 낮에 미처 못 했던 일들을 고요한 밤에 하는 것이 제일 행복하다. 모든 것이 멈추면 나의 모든 감각은 나를 위해 깨어 생동한다. 하지만 기상 시간이 되면 베개에 머리를 박고 온몸을 비틀며 나를 일으켜 세우는 것이 괴롭다. 분명 그 전 몇 시간까지는 행복했는데, 아침만 되면 잠이 모자라 짜증이 올라온다. 작품 〈다나이드〉의 괴로움은 이불을 못 빠져나오는 내 모습과 거의 흡사하다. 알람이 여러 차례 귀를 때린다. 얼굴을 만지는 고사리 같은 아이 손에 정신이 없고, 몸 위로 올라타는 아이들 때문에 살이 눌려 아프다.

나는 이럴 때 자유가 없다고 느낀다. 늦게까지 늘어질 수가 없다. 주말에도 마찬가지다. 먹고 싶지 않은 아침을 안 먹을 권리도 없다. 국을 끓이고 반찬을 꺼내 아침을 차려야 하는 의무를 진 몸뚱이가 부엌을 향해 질질 끌려간다. 배고프다고 아우성치는 아이들을 위한 식탁 차림이 귀찮을 때가 있다. 엄마 제비는 제비 새끼들에게 애벌레를 하나씩 갖다 나르며 귀찮은 마음이 없었을까? 오늘 차린 밥상이 오늘로 끝이 아니기에 채워지지 않는 독에 물을 퍼 나르는 형벌처럼 느껴질 때가 있다는 말이다. 아무도 안 챙기고 오로지 나만을 위한 아침 시간이 있었으면 좋겠다.

감옥의 문

2년 전 이맘때, 수원 아트쇼에서 사흘간 전시 해설사로 활동했다. 가족들은 처음으로 나를 제외하고 짐을 꾸려 거제도로 향했다. 9살과 6살 아이들을 데리고 그 먼 곳까지 간다고 하는 남편을 말려보았다. 해설 첫날 오후 2시쯤 사진 한 장이 날라 왔다. 트렁크에 캠핑 살림이 한가득이었고,

"거제도 출발"이라는 메시지도 적혀 있었다. 처음 시도하는 남자들만의 여행이었다. 나는 결혼 10년 만에 처음으로 나흘간의 진짜 자유를 얻었다. 10년 만에 누려보는 혼자만의 아침, 혼자만의 밤이 기대되어 살며시 미소를 지었다. 하지만 걱정하는 문자메시지를 보냈다. "괜찮겠어? 고생할 텐데." 첫날은 집으로 돌아와 TV도 켜지 않은 채 적막감을 즐겼다. 적막감이라 쓰고 행복감이라 읽는다.

그런데 어느 순간 텐트 속에서 잘 자는지, 밤공기가 차지는 않은지, 밥은 제대로 해 먹는지 궁금함에 전화기를 몇 번을 들었다. 남편은 끝내 한소리를 했다. "그만 전화해." 그 말에 서운하진 않았다. 내가 좀 미친 것 같았다. 아니, 도대체 나는 왜 이런 우려에 갇혀 아무것도 못 하는 거지? 3일째 되는 날 밤에는 그 조용한 시간을 즐기지 못하는 나를 발견했다. 밤에 나가 보고 싶고, 광란의 밤도 즐겨보는 꿈도 꾸었건만, 갈 곳이 없고, 함께 갈 사람이 없었다. 그렇다고 영화 한 편을 보고 싶은 생각이나 책을 한 권 읽다 자야겠다는 생각조차 들지 않았다. 이상하게 안절부절못했다. 자유를 줘도 못 누리나. 아이들을 키우는 동안 '내'가 없는 삶에 길이 들어 버린 걸까? 나흘 내내 감옥의 문밖으로 나갈 기회를 흘려버렸다. 아이들이 어려 아무것도 할 수 없다고 울먹울먹했던 지난 시간이 파노라마처럼 스쳐 갔다. 하지만 나는 그 감옥의 문에서 못 나왔다. 몸만 갇힌 게 아니라 생각도 갇혀 있었다. 자식 걱정하느라. 그런 걱정 안 하고 오롯이 나를 위해 즐기는 시간을 충분히 누렸으면 좋겠다.

위로의 문

〈다나이드〉는 로댕이 〈지옥의 문〉을 조각할 때 구상했던 작품이다. 까미유 끌로델의 조각적, 예술적 영감이 담겨 있고, 그녀의 섬세하고 천부적인 손길이 닿은 작품이기도 하다. 하지만 그녀의 천재성은 로댕에게 가려졌고, 비운의 삶을 살다 떠났다. 영화 '까미유 끌로델'은 20대 초반인 그녀가 44세의 잘나가는 조각가 로댕과 사랑에 빠지면서 시작된다. 그녀는 로댕의 조수 생활을 하면서 굵직한 작품에 참여하게 된다. 그녀의 독창성이 다양하게 발산되자 평론가들은 그녀의 실력을 인정하게 되었고 그녀의 명성도 높아졌다. 하지만 그녀의 희생과 사랑은 자신의 이름을 조각에 새겨 넣지 못하는 결과로 이어졌다. 로댕은 천재적인 예술적 재능을 이용하되 자신을 능가하는 솜씨를 두려워하며 그녀가 작가로서 성공할 모든 길을 막는다. 둘은 이별하게 되고 까미유 끌로델의 엄마는 그녀를 정신병원에 보내 남은 일생을 거기서 살게 한다. 정신병원에서 살다가 쓸쓸히 죽음을 맞은 그녀의 최후에 처음부터 끝까지 숨이 막혔다. 울고 싶은데 울어지지도 않았다. 벗어나고 싶은데 벗어나지 못하여 절망하는 다나이드처럼.

로댕을 만나지 않았더라면 그녀는 동생과 어머니, 로댕과 세상을 원망할 일도 없었을 것이다. 그녀의 천재성이 한순간의 선택으로 망가지다니 부당

하고 억울한 마음이 올라왔다. 〈다나이드〉는 로댕의 작품이지만 까미유의 손길과 발상이 고스란히 보인다. 자신의 절규를 남긴 것 같아 먹먹했다. 정신병원에 버려진 채 30년간 아무것도 할 수 없게 된 까미유의 울부짖음이 머리를 박고 흐느끼는 듯 조각상에 흘러내렸다. 누구에게나 지옥 같은 시절 한 대목이 있다. 과거에 사로잡혀 벗어나지 못할 때, 그때가 바로 지옥이다. 미워하는 마음에 사로잡히는 것도 지옥이고, 불행하다고 느끼는 감정에 사로잡히는 것도 지옥을 사는 것이다. 병원 안에서 막힌 까미유 끌로델의 인생을 보고 나니, 엄마로서 고귀한 역할과 사명에 대한 값어치를 망각하고 허상의 자유를 찾아 노래를 부른 것이 부끄러웠다. 영화를 통해 그녀를 세상 밖으로 꺼내 준 분들에게 감사하다.

그들이 나에게 알려 줬더라면

_료료

어둠

어둠이 무서웠다. 매일 밤이 오지 않길 기도했다. 문이 열리는 것도, 닫히는 것도 두려웠다. 손잡이가 돌아갈 때마다 덜컥 겁이 났다. 빛이 들어오는 것도, 빛이 없는 것도 견디기 힘들었다. 거실에서 끌고 온 의자 위에 까치발을 하고 서서 작고 빨간 형광등을 달았던 적도 있다. 방안에 덩그러니 놓인 내 어린 몸을 웅크린 채 작은 빛에 기댈 수밖에 없었다. 나는 늘 숨죽여 아침이 되길 기다렸다. 어둠을 견디기 힘든 날에는 안방으로 후다닥 달려갔다. 어느 날부터 손잡이가 돌아가지 않았다. 세상 끝에 홀로 서 있는 듯했다. 사실 나는 언젠가 손잡이가 돌아가지 않을 날이 올 거라는 걸 알았다. 그 불길한 예감이 슬픈 습관처럼 찾아가는 나를 멈추게 했다.

어둠을 상상했다. 나와 다른 세상에서 존재하는 것들이 있었다. 어린 내게 세상은 두려운 곳이었다. 다른 사람들과 어울리지 못해 같이 이야기 나누는 것조차 어려웠다. 그들이 없는 다른 세상에 불려 가는 기분이었다. 아무도 들어주지 않았다. 아무도 관심 가지지 않았다. 어느 순간 나는 나아가지 못했다. 웃음이 나지 않아도 웃어야 했다. 슬프지 않아도 눈물을 흘려야 했다. 화가 나지 않아도 화가 난 사람처럼 행동해야 했다. 어쩌다 오롯이 나를 꺼내 보았다. 덩그러니 홀로 남을 때가 많았다. 여기저기 발에 차여 굴러다니다 구석에 박힌 돌멩이가 돼버린 것만 같았다. 추상적이고 막연한 상상이라고 사람들이 말했다. 가족들은 "너는 너무 별나."라며 웃었다. 그들과 친해지기 위해 노력했다. 원망과 공포 아니면 공허함에 나를 꾸며야 살아갈 수 있었던 시절이었다.

어둠은 예민했다. 누군가 내 몸에 손을 대는 것조차 싫었다. 누군가가 나에게 말을 거는 것도 싫었다. 가벼운 목소리로 맴도는 소음이 끔찍했다. 그렇지만 외로움도 슬퍼 혼자 집에 돌아가는 길에 눈물을 흘리곤 했다. 어이없어 길을 가다가 바람 빠진 웃음소리를 내기도 했다. 웃음에 의존하는 사람이었다. 잘 웃었다. 잘 울었다. 무엇을 해야 할지 잘 몰랐다. 잘못된 말을 할까 봐 두려웠다. 얼굴을 파묻었다. 잠에, 서러움에 빠져들었다.

안개

우리는 그날 헤어졌다. 도대체 왜 그런 거냐고 물었지만 그 아이는 "이제 와서 왜 그래?"라고 답했을 뿐이다. 어린 시절 이유 없이 그저 내 곁에 있어 주는 아이였다. 항상 조용히 곁을 지켜주고 내가 하는 이야기가 아무리 길어도 다 들어주는 그런 아이였다. 삶에 어둠과 비명이 지속되던 시절, 늘 함께해 줬던 그녀에게 고마운 마음뿐이었다. 여전히 그 아이의 존재가 그립다. 전화를 끊으며 친구는 "또 연락하자."라고 말했다. 나는 잘 알고 있었다. 그저 겉치레에 불과한 말이라는 걸. 끊어진 휴대전화를 바라보며 한동안 움직일 수 없었다. 헤어짐의 전화를 받고 주저앉아 하염없이 눈물을 흘렸던 그 밤이 생각난다. "왜 그러는 거야? 왜 말을 안 해 줘? 내가 무슨 잘못을 한 거야?"라고 물어도 대답은 돌아오지 않았다.

이렇게 끝내고 싶지 않았다. 나의 잘못이 있다면 찾아내서 사과하고 싶었다. 처절하게 매달려서라도 그 마음을 돌려놓고 싶었다. 전달 방법이 잘못된 걸까? 오랫동안 나의 어떤 부분이 그 아이에게 상처를 줬던 걸까? 그녀는 아무 말도 하지 않았다. 힘들었던 시절 그 아이가 내 곁에 없었더라면 어떻게 지냈을지 감히 상상할 수 없었다. 지금의 내가 마음에 들지 않는 걸까? 여러 관계를 맺는 동안 헤어지는 일이 자연스러워졌다. 하지만 이별은 늘 아팠다. 아이 둘을 키우면서 내가 나인 것을 잊은 채 살아왔던 시간이 많았다. 친구의 결혼식, 아이의 돌잔치, 내가 알지 못했을 함께하지 못했던 추억들이 꽤 있었을 듯했다. 아이들이 조금 자라고 나서 친구와 제대로 연락을 해 보고 싶었다. 친구도 마찬가지일 거로 생각했다. 어디서부터 너와 나는 끊어져 있었을까? 관계는 오래전에 이미 끝나있었다. 안갯속 기다림

끝에 만날 수 있었던 건 너도나도 아닌 오로지 내가 있는 곳이었다.

비명

비명의 색깔은 어둠이다. 잠잠한 어둠은 등을 굽혀 움츠린다. 수도꼭
지를 틀듯 비명의 울음소리가 쏟아져 내린다. 나의 밤은 그랬다. 깜깜한 밤
이 찾아올 때마다 공포감이 몰아닥쳤다. 왜 그렇게 쫓기듯 두려워하며 지
냈을까? 하고 싶은 일을 찾지 못하고 같은 어둠을 매일 밤 기다려야 했기
때문일까? 누군가가 **나에게 알려 줬더라면**, 어둠도 낭만이 가득하다는 것
을 **나에게 알려 줬더라면** 좀 더 나은 삶을 살 수 있었을까?

마흔을 넘긴 나와 남편, 폭풍 같은 자아들과 교섭 중인 아이들 모두 성장
하고 있다. 많은 걸 다시 깨닫게 되었다. 어렸을 때 나는 스스로 피해자라
여기며 고독감에 빠져 있었다. 결핍된 감정들이 뾰족한 유리 조각이 되어
할퀴며 상처 내었다. 나는 나 자신을 가뒀다. 큰 아이가 요즘 문을 잠그고
제 방으로 들어간다. 혼자만의 시간을 가지고 싶어 한다. 노래도 혼자 듣는
다. 누군가가 다른 의견을 내놓으면 잔 다르크처럼 일어나 전쟁을 치르듯
항변한다. 충분히 자신만의 시간을 가지고 나면 나에게 와서 안아달라고
한다. 그녀는 밤에 나와 침대에 누워서 이야기 나누는 걸 좋아한다. 하지만
나는 밤이 되면 내 시간을 갖고 싶다. "낮에 이야기하면 안 될까?"라고 물
어도 그녀는 밤에 만나고 싶어 한다. 하지만 나와는 달라 보이는 그녀의 환

경이 참 다행이라는 생각이 들었다. 너의 어둠은 즐거운 비명일지도 모르겠다. 그런 그녀가 너무나 감사하고 사랑스러웠다.

어린 시절로 돌아간다면 그들은 어떤 얼굴을 하고 있었을까? 모든 감정에 낯설었던 나는 늘 외로웠다. 작은딸에게 물었다. "밤이 되면 어때?", "무섭지.", "그럼 어떻게 해?", "빨리 집에 가고 싶지." 집이란 안정감을 주는 존재다. 나도 그런 집을 원했다. 내가 할 수 있는 최선의 방법이 무엇이었을지 여전히 어려운 생각이 든다.

나, 자신을 잊지 말아요

_유승희

사랑 앞에 자신을 잊지 않기를

작품 속 뮤즈였다는 까미유 끌로델. 로댕과 까미유의 사랑과 이별 이
야기를 미리 알고 작품을 마주하니 마음이 아팠다. 까미유는 로댕의 제자
이자 연인으로 로댕 작품의 많은 부분을 작업하던 여성 작가다. 그들의 부
적절한 사랑이 답답해서 화가 났다. 이별로 인해 그녀의 삶에 많은 변화가
있었다는 것이 안타까웠다. 어릴 때부터 엄마로부터 원초적인 사랑을 충분
하게 받지 못해서일까. 그녀를 비난하고픈 마음이 사라졌다.

'까미유, 괜찮아요. 더 잘살아 버리면 그만이에요. 로댕과의 이별로 인해
당신의 재능을 더 내어놓지 못하게 된 것 같아서 아쉬워요.' 나의 독백이었
다. 까미유 끌로델의 작품 〈성숙의 시대〉를 볼 때도 마음이 아려왔다. 까미
유와 로댕의 이별로 그녀의 삶이 바뀐 것 같으니 말이다. 엄마에게 받은 냉
대를 사랑으로 치유 받았더라면 하는 아쉬움이 든다. 이별 후 상처받은 자

신을 건강하게 위로할 수 있기를. 사랑 앞에 자신을 잊지 않기를.

서로 다름을 받아들이기를

여성의 나체를 묘사한 작품 앞에 서면, 『사자소학』의 첫 문장이 떠오른다. 열한 살 여름 방학, 지리산 청학동 서당에 앉아 부모님이 주신 신체의 소중함을 배웠다. 부모에 대한 효를 가르치는 한문을 배우며 유교 사상을 배워서일까. 여성의 나체를 조각한 이 작품을 보니 마음이 불편했다. 로댕과 까미유 끌로델의 이야기를 알고 작품을 봐서인지 더욱 마음이 무거웠다.

어릴 때 내성적이던 나는, 부모님의 권유로 지리산 청학동에서 한문을 배웠다. '부생아신(父生我身) 모국아신(母鞠吾身)' 아버지 나의 몸을 낳으시고, 어머니 나의 몸을 기르셨다는 뜻이다. 『사자소학』[8]의 첫 문장이다. 지루해 보이는 그곳에서 여러 가지를 배웠다. 손바닥보다 큰 잠자리를 보며 자연의 무한함을 배웠다. 돌이켜보니 그곳에서 배운 한자 덕분에 일본어, 중국어를 시작할 수 있었다. 한자를 해석해서 영문법에 적용했다. 소리 내서 한문을 공부하니 목소리 힘이 생겼다. 소극적인 내가 적극적인 나를 찾아가던 시간이었다. 부모로부터 받은 귀한 몸을 소중히 여겨야 한다고 배웠다. 여성의 나체를 여과 없이 드러내는 미술작품에 대한 불편함은 한동안 계속되었다.

---

8 아이가 배워야 할 생활 규범과 어른 공경 법 등 모든 구절이 넉 자로 정리된 글이다.

나를 잊지 말기를

해가 갈수록 외적 아름다움을 예술화한 미술작품, 무용, 발레, 춤 등을 보며 긍정적인 경험이 쌓였다. 덕분에 여성의 나체를 표현한 미술품에 대한 불편함이 많이 사라졌다. 내면의 아름다움 못지않게 외면의 아름다움도 소중하다. 나이가 들면서 생각의 다름을 인정하고 이해하게 되었다.

이별로 자신의 일부분을 잃어버린 까미유 끌로델의 입장에 서서 이해해 보고 싶다. 그녀를 위로하고 싶어졌다. 이별 후 사랑했던 당신의 마음을 보내기 힘들었겠지요. 지금 그곳에서는 평온한가요. 그 또한 당신인데. 나는 당신을 그저 안쓰러워만 했네요. 내 공식으로 타인을 보면 마음만 힘들 뿐 이해하기 쉽지 않다. 언젠가 그녀를 만나 이야기 나누고 싶다. 이별 때문에 자신을 모두 잃어버리지 않는 여성이 되기를. 이별 후에 잃어버린 자신을 스스로 되찾기를. 사랑했기에 후회하지 말기를. 자기를 안아 주기를.

까미유와 이야기해 보고 싶었다. 사랑의 끝이 비극일지라도, 당시 사랑했던 자신과 지혜롭게 이별하는 용기를. 인생에서 그 누구보다 중요한 나를 일 순위로 둬야겠다. 힘들 때 스스로 격려해서 일어서는 용기를 〈다나이드〉를 통해 다시 한번 생각해 볼 수 있었다.

깎다가 마주한 조각

_전애희

무념무상 연필 깎기

아이들이 떠난 교실에서는 고요함을 넘어 적막함마저 느껴졌다. 난 이 '적막함'이 참 좋았다. 이른 아침 유치원에 도착해 언제나 미지수인 퇴근 시간 전까지 유일하게 만끽할 수 있는 나만의 시간이었다. 5분 남짓의 짧은 시간이었지만 재충전하기에는 충분했다. 난 몸을 일으켜 바퀴가 달린 교구장을 최대한 벽 쪽으로 옮기고, 의자를 뒤집어 책상 위에 올렸다. 교실 청소를 위한 나만의 최적화된 동선을 만들었다. 교실 여기저기에 아이들의 흔적이 남아 있었다. 싸리 빗자루로 교실 바닥 전체를 쓸고, 책상과 교구장을 닦았다. 교구와 교구 쟁반을 가지런히 놓으며 심이 짧아진 색연필을 빈 통에 모았다. 색연필이 쌓일수록 '아이들이 많은 걸 했구나!'하는 생각이 들어 흐뭇해졌다.

드디어 청소하며 흘린 땀을 식힐 시간이 되었다. 유아용 의자에 앉아 작은 칼로 색연필을 깎는 소리가 교실 안에 퍼졌다. '쓱, 쓱, 쓱, 쓱!' 박자에 맞춰 오른손과 왼손이 움직였다. 짧아진 색연필들은 나무 옷을 조금씩 벗고, 예쁜 빛깔들을 내밀었다. 아이들의 손에서 새로운 것을 그려낸 색연필들, '오늘 고생했어.' 토닥이며 제자리에 가져다 두었다. 내일 유치원에 오는 아이들이 잘 깎여진 색연필로 무엇을 표현할까? 생각하면 스스로 뿌듯해졌다.

'쓱, 쓱, 쓱, 쓱!' 20년이 훌쩍 지난 지금은 우리 집에서 색연필 깎는 소리가 난다. 은빛 기차 연필 깎기가 있지만, 난 여전히 작은 칼을 들고 색연필을 깎는다. 연필 깎기는 어느새 습관이 되었고 난 연필을 깎으며 편안해지는 마음을 느낄 수 있었다. 무념무상의 시간이 된 것이다. 몸에 새겨진 움직임은 스스로 색연필을 깎고, 제자리에 가지런히 놓는다. 색연필을 꺼내들고 자기만의 세상을 펼칠 아이의 모습을 생각하니 괜스레 설렌다.

다나이드(La Danaïde)

'톡! 톡! 톡! 톡!' 로댕이 차갑고 단단한 대리석을 깎는다. 로댕의 손길에 깎이고 다듬어진 다나이드는 점점 창백해졌다. 코끼리의 엄니 '상아'처럼 하얗다 못해 투명해진 다나이드를 바라보았다. 차가운 돌 위에 웅크리고 있는 그녀가 걱정되었다. 하얀 눈처럼 점점 녹아 사라질 것 같은 그녀의 어깨를 붙잡아 주고 싶었다.

당신의 차가운 등 위에 살포시 손을 올려 따뜻한 온기를 나눠줄게요. 잠시 저에게 기대세요.

모든 걸 다 안고 희생하는 당신, 선녀처럼 모든 걸 훌훌 털고 날아가도 괜찮아요. 더 이상 걱정하지 마세요.

차가운 달빛을 머금은 당신에게 이름을 지어 줄게요. '월궁항아' 마음에 드시나요?

나는 순식간에 그녀 곁에 다가가 수많은 이야기를 나눴다.

쓸쓸한 달빛이 흐르는 캄캄한 밤, 외로움이 가득한 은하수가 그녀의 몸을 휘감았다. 그러고선 차가운 달 속에 그녀를 꽁꽁 묶었다. 티 없이 맑고 아름다운 월궁항아는 아무런 저항도 하지 않았다. 그저 기다릴 뿐이었다. "월궁항아여! 도대체 무슨 생각을 하고 있나요?" 애타는 내 마음을 아는지, 어디선가 애잔한 노랫소리가 들려왔다. 아무리 아름다운 월궁항아지만, 그녀의 삶은 외로움의 연속이었을 것이다. 내 이야기를 들어 줄 사람, 내 마음을 함께 나눌 사람이 간절했을 것이다. "월궁항아여! 당신을 위해 달항아리를 준비했어요. 달항아리가 당신의 친구가 되어, 당신의 이야기를 들어주고 위로해 줄 거예요. 릴케의 시 한 구절처럼 당신도 따스한 봄을 맞이했으면 좋겠어요." 그녀의 귓가에 짧은 시를 속삭여 주었다.

나란히 둘이 걷는 사람만

언젠가 한 번은 봄을 볼 수 있으리

- 「봄을 그대에게」, 라이너 마리아 릴케

시간을 초월한 손길

조각가 프랑수아 오귀스트 르네 로댕은 조각 작품 〈다나이드〉에 마법을 부린 것일까? 다나이드를 보며 상상의 나래를 펼친 나는 예술가의 깎기, '조각'에 호기심이 생겼다. 로댕은 그리스 신화 속 다나오스 왕의 딸 다나이드, 절대로 채워지지 않는 독에 물을 퍼 나르는 형벌을 받는 다나이드의 모습을 조각했다. 끝없이 노력하지만 벗어날 수 없기에 더 절망하는 여인 다나이드는 더 이상 신화 속의 존재가 아닌, 조각이라는 실체로 나에게 다가왔다. 그렇기에 더 아련하고 도와주고 싶었다.

로댕의 조각 세계에 큰 영향을 줬다는 르네상스 시기의 조각이 궁금해졌다. 미켈란젤로의 3대 조각을 찾아보았다. 역동적인 〈다비드〉는 미술 교과서를 비롯해 다양한 매체에서 만났던 작품이었다. 〈피에타〉를 찾아본 순간 BTS '피 땀 눈물' 뮤직비디오가 떠올랐다. '그때 본 조각이 피에타였구나!' 〈피에타〉와 뮤지션들의 움직임, 노래 가사, 그 주변을 둘러싸고 있는 무대 효과까지 모든 게 처음과 다르게 보였다. 〈다비드〉, 〈피에타〉 그리고 처음 마주한 〈모세〉까지 나는 예술가의 섬세한 깎기, 조각 실력에 감탄했다. 미켈란젤로의 손길에 자식을 잃어 슬픈 엄마 동정녀 마리아와 위엄 있는 모세가 살아 있는 듯했다.

예술가는 어떤 마음으로 조각을 했을까? 아무리 딱딱한 대리석이라도 예술가의 손길에 깎여지고 다듬어지는 동안 그들의 생각과 마음이 담기는 듯하다. 조각에 깃든 예술가의 혼은 수백 년이 흐른 지금도 우리 곁에 머물며 우리 마음을 다독거려 준다.

5관

엄마로 살아가는 날

요하네스 페르메이르
: 빛나는 순간

요하네스 페르메이르(Johannes Vermeer 1632-1675)
<진주 귀고리 소녀(The Girl with a Pearl Earring)> 745×39, 1666

하늘의 축복으로 아기가 생겨 엄마가 되고
운이 좋아 딸을 낳아서 친정엄마가 되었다가
내 딸아이가 엄마가 되는 행운이 생겨 외할머니가 되는 그런 삶.

_『엄마 친정엄마 외할머니』, 문희정

무지개
_김경애

'태양은 태양이기에 떠오르는 것, 이유는 자신 안에 존재합니다. 내가 사랑하는 사람은 누구와도 같지 않기에 설명하는 것이 불가능합니다. 그러니 어떻게 사랑을 설명할 수 있겠습니까?'

- 잘랄루딘 루미

페르메이르의 색채

요즘 레트로 무드를 타고 진주 주얼리가 유행이다. 진주 귀걸이부터 목걸이, 반지에 이르기까지 품목도 다양하다. 진주의 뽀얀 우윳빛 펄은 인물을 더욱 돋보이게 해 준다. 요하네스 페르메이르의 그림 속 앳된 소녀도 아름다운 진주 귀걸이를 하고 있다. 오렌지빛을 품은 브라운 상의에 푸른 인디고 빛깔의 터번을 두른 소녀가 큼지막하게 반짝이는 진주 귀걸이를 하고 우리를 응시한다. 얼마 전 집 근처 도서관에서 열린 색채심리 수업에 참여해서인지 그림 속의 색채가 눈에 들어온다.

나의 색채

색채심리에서는 색을 에너지로 본다. 그리고 사람들 모두가 각자 타고난 고유의 색채 에너지를 가지고 있다고 한다. 개인이 가진 색채 에너지는 인지 컬러와 행동 컬러 두 가지가 있다. 쉽게 말하면 속마음과 겉마음이라 할 수 있다. 속마음에 해당하는 인지 컬러는 씨앗에 비유할 수 있는데 이는 자신이 가진 내적 가치관으로 세상을 해석하는 자신만의 독특한 시각을 말한다. 겉마음이라 할 수 있는 행동 컬러는 씨앗이 만들어 내는 과육에 비유할 수 있다. 즉, 직접 느껴지거나 겉으로 드러나는 면을 말한다.

강사가 수강생 개인의 생년월일에 따른 색채 에너지를 알려 주고 각 색의 특성을 설명해 주었다. 나의 인지 컬러는 인디고 색이고 행동 컬러는 오렌지색이었다. 인디고는 심해의 색이다. 깊은 바다처럼 속이 깊고 통찰력이 있어 상대의 마음을 헤아리며 스스로 성찰을 잘한다. 말수가 적고 박식해서 일을 잘하며 생김새 또한 깔끔하다. 그러나 희생만 하면 우울증이나 공황장애가 생길 우려가 있으니 경계해야 한다. 오렌지는 밝은 컬러의 느낌처럼 활기 있고 순수하며 천진난만하다. 호기심 많고 사교적이며 재치가 있다. 다방면에 지식이 있고 자기 길은 알아서 찾아가지만 자유분방해서 정해진 틀에 맞추기 힘들다. 또한 산만하고 정리 정돈을 잘하지 못하며 약한 에너지이다.

나의 색채 에너지에 대한 설명을 들으니 나도 미처 인식하지 못했던 나의 성격을 정확히 읽어 주는 듯했다. 그렇다. 나는 모든 규칙, 규범, 규율 따위가 싫다. 그러나 오렌지의 성격이 잘 드러나지 않은 건 그 에너지가 약하기 때문이었다. 맏이 역할을 하며 성격 급한 부모님께 엄한 훈육까지 받았으니 약한 에너지의 오렌지 성향이 잘 드러나지 않은 것이다. 그런데 인지 컬러와 행동 컬러의 결이 너무 다른 거 아니냐는 나의 질문에 강사는 그래서 내적 갈등이 많아 힘든 거라고 했다. 수강생 모두 수업이 끝난 후에도 많은 질문을 하느라 자리를 뜨지 못했다.

우리는 모두 내외적으로 많은 갈등을 겪으며 산다. 그럴 수밖에 없을 것도 같다. 우리 모두 자신의 의지가 아닌 부모의 의지로 세상에 나왔다. 그리고 자신의 힘으로는 생존할 수 없었기에 양육자에 의지해 생존해야 했다. 스스로 살아갈 능력을 갖추기까지 타인으로부터 세상을 배웠다. 그 세상은 그들이 경험한 세상이었다. 그들이 경험한 세상은 완벽하지 않았고 그들의 자녀를 지키기에 위험천만했다. 그들은 소중한 자녀를 지키고 싶었고 그 불안감으로 자녀를 다그쳤다. 그들을 통해 세상을 배운 자녀는 위축됐다.

우리의 색채

그럼에도 자녀를 지켜낸 양육자의 돌봄으로 나는 생존했고 세상을 경험했다. 친구가 생겼고 친구와 함께 즐거운 놀이를 하고 공부하며 사회를 배웠다. 사회에 나가 일을 하고 나의 생존을 스스로 책임질 수 있게 되었다. 사랑하는 사람을 만났고 서로 평생을 함께할 반려자가 되었다. 세상에서 제일 예쁜 아이를 낳았고 그들의 세상이 되어 주었다. "까꿍!" 하면 까르르 넘어가던 아기는 어느덧 훌쩍 자라 더 이상 나의 한마디에 웃어 주지 않지만 그래도 내가 말을 걸면 대답은 해 주어 고맙다.

나의 인디고와 오렌지는 불같은 남편의 레드와 무던한 아들의 그린과 그림 그리기 좋아하는 막내의 퍼플이 만나 무지개색을 만든다. 오늘도 우리 집엔 무지개가 뜬다.

나를 부수고 나아가라

_이지연

고통의 눈물

어느 날, 동네 언니가 말했다.

"언니는 이제부터 진주와 멀어질 거야. 진주는 이제 쳐다보지 않겠어.

진주를 좋아하던 언니였기에 나는 의아해하며 물었다.

"갑자기, 왜?"

"응, 사주를 보러 갔더니 몸에서 진주를 다 빼라고 하더라. 진주가 몸에 있으면 웃을 날보다 울 날이 더 많대. 그래서 오늘부터 진주를 멀리하기로 했어."

"맙소사! 그걸 믿는다고?"

"그래, 너도 이제 진주 그만 좋아해. 언니는 액세서리도 다 버렸어. 너도, 나도 좀 웃고 살아야지. 그만 슬퍼해. 네 남편도 네가 행복하기를 원할 거야."

언니는 결혼 생활 내내 숨 한번 편하게 못 쉬고 살았다. 남편 퇴근 시간에 맞춰 따뜻한 음식을 준비해야 했고 옷을 입을 때조차 눈치를 봐야 했다. 그날그날 남편의 기분에 따라 언니와 아이들은 살얼음판을 걷는 것 같다고 했다. 집안의 모든 일이 남편 위주로 돌아갔고, 아이들에게도 상처 주는 말과 행동을 서슴없이 했다고 말했다. 이런 결혼 생활이 고단했던지 언니는 이제는 자유롭게 살고 싶다고 했다. 진주를 핑계 삼아 힘들고 슬픈 일은 안드로메다로 보내 버리고 결국 자유를 찾아 떠나갔다.

진주조개의 몸속에 이물질이 들어오면 그것을 없애기 위해 자기 몸에서 탄산칼슘을 내보낸다. 탄산칼슘은 이물질을 겹겹이 감싼다. 이것이 진주가 된다. 자연산 진주는 동그란 형태로 만들어지기 힘들다. 진주조개가 진주를 만드는 것은 자신을 지키기 위해서다.

언니는 진주를 통해 자신을 지켰던 것일까? 아니면 자신을 지키기 위해 진주를 버린 걸까? 15년을 지켜오던 진주를 내어 주고, 지금은 누구보다 아이들과 행복하게 살아가고 있다. 누군가의 엑스트라로 살던 삶을 이제는 오롯이 주인공으로 살아간다.

나를 보는 시선

남편이 세상을 떠나고 나는 세상의 시선에 자유롭지 못했다. 어디서

든 사람들이 나를 어떻게 볼지, 내가 어떻게 보일지 신경 쓰였다. 내가 입는 옷과 표정, 몸짓 하나하나 다 불편했다. 나는 그들의 기대에 부응하기 위해 슬프지 않았지만, 슬픈 척을 해야 했고, 즐거운 표정은 감추어야 했으며 들키지 말아야 했다. 때론 울고 싶은 날도 있었다. 하지만 딸의 슬픔을 보고 아파할 부모님이 계셨기에 맘껏 울지 못하고 안으로 삼키며 견뎌야 했다.

나를 아는 사람이 있는 곳에선 항상 시선을 멀리했다. 외면하지 않으면서 내게 시선이 집중되는 상황을 피하려면 적당한 거리를 유지해야 했다. 가끔 아무렇지 않게 나의 감정 커튼을 들추며 상처를 주는 사람도 있었다. 그들이 나를 보는 시선에는 안타까움과 궁금증이 항상 따라다녔다. 쟤는 남편 없이 어떻게 살까? 사망 보험금은 좀 탔나? 생활은 어떻게 하지? 결혼은 다시 하려나? 그들의 궁금증을 해결해 주기 위해 나는 얼마나 지옥의 시간을 맛보았는지 모른다.

엄마 아빠의 소소한 투덕거림이 부럽고, 손잡고 산책하는 친구 부부의 모습에 마음 저렸고, 아이들과 손잡고 걸어가는 친구의 남편 모습만 봐도 가슴이 미어졌다. 사람들은 내 감정 커튼 사이의 단면만 보고 내가 금방 털고 일어날 거라며 안심했다. 시간이 지나면 괜찮아질 것이라 위로했다. 아이들과 부모님을 위해 씩씩하게 살아가야 한다고 말했다. 점점 사람들이 내게 바라는 모습으로 나를 맞춰갔다. 나의 얼굴은 웃고 있었지만, 마음은 곪아가기 시작했다. 그러다 문득 이런 생각이 들었다. '더 슬퍼하자. 나는 충분히 슬퍼할 자격이 있다.'

세상을 마주할 걸음

시간이 지나면 피가 나던 상처도 서서히 아물어 간다. 흉터를 남기기도 하지만 원래의 모습으로 되돌아간다. 나도 그랬다. 슬플 만큼 슬픈 후에야 비로소 나는 그 슬픔의 껍데기를 벗어날 수 있었다. 절대 껍데기 밖으로 나올 수 없다고 생각했다. 그러나 이제 한 발, 한 발 나아가고 있다. 세상의 시선에도 조금씩 단단해져 가고 있다. 때론 아무렇지 않게 내뱉은 말에 상처도 받지만 이내 툴툴 털어 내는 힘도 생겨났다. 기쁘면 기쁘다고, 슬프면 슬프다고 내 마음을 시원하게 이야기할 용기도 생겼다. 가장으로서 할 수 있는 일도 생겼다. 아이들을 온전히 바라보며 사랑해 줄 힘도 생겼다. 느리지만 나만의 속도로 세상과 마주하며 나의 걸음을 천천히 내딛고 있다.

진주 귀걸이 소녀는 엄마가 된다

_장영지

아름다움의 형태

아름다움을 가꾸기 위해서 여러 가지를 시도해 본 적이 있다. 외적 아름다움을 연출하기는 쉽다. 물질적으로 겉모습을 포장하는 방법이 많기 때문이다. 보이는 아름다움이 아니라 스스로 발견할 수 있는 내적 아름다움을 소유하고 싶었다. 이 욕구는 십 대 시절부터 중년이 된 지금까지도 계속 이어진다.

나를 닮은 작은 아이와 함께 전시를 보러 워커힐 호텔에 있는 빛의 시어터[9]에 갔다. 흘러나오는 음악과 주변의 어둠 속에서 빛의 형태로 작품이 나타났다. 아이는 그 앞에 멈추어 서서 그림을 바라보았다. 그림을 바라보는 눈빛이 강렬하다. 그림 속의 소녀 또한 우리를 바라보고 있다. 그 소녀의

---

9 서울 최대 규모 몰입형 전시관 빛의 시어터는 워커힐 대극장이 공연장의 과거를 그대로 살린 새로운 문화예술 공간이다.

눈동자가 반짝거렸다. 마치 사진기로 찰칵하며 사진을 찍은 듯했다. 셔터의 불빛에 눈이 부셔 잠시 눈을 감았다. 그 순간에도 빛의 잔상이 아른거렸다. 푸른색의 밴드로 잘 감싸진 머리 아래, 달랑거리며 걸려 있는 진주 귀걸이가 보였다. 소녀의 턱이 끝나는 지점에서 또 한 번 반짝이는 것을 발견했다. 소녀의 입술이 반짝거리며 빛을 냈다. 화가는 소녀의 빛나는 귀걸이를 먼저 그렸을까? 아니면 반짝이는 입술을 먼저 그렸을까? 그림을 보면서 궁금해졌다.

아이에게 물어보았다. 아이는 머리카락을 먼저 그렸을 것 같다 했다. 그러면서 "공주님은 아닌데, 공주 같아 보여."라고 대답했다. 그렇다. 화가는 작품 속 주인공인 진주 귀걸이를 한 소녀의 아름다움을 그려낸 것이 분명했다. 아이는 그림 속 인물의 내면으로부터 솟아나고 있는 아름다움을 포착했다. 화가의 의도를 단번에 알아챈 것이다. 그림을 자유롭게 바라보는 아이에게 추억을 선물하고 싶어졌다. 진주 귀걸이를 한 소녀가 있는 그림을 배경으로 기념사진을 찍는 기계가 마련되어 있었다. 포토 타임머신을 타고 아름다움을 찾아가는 여행의 기념사진은 아이와 전시장에서의 즐거운 추억을 담기에 충분했다.

새로운 경험과 영감
아이들의 눈은 순수하고 직관적이다. 논리나 분석적인 판단 없이 스스로에게 가장 최상의 것을 선택한다. 아이는 진주 귀걸이를 한 소녀를 보자마자 체감 속도 시속 90km로 달려갔다. 마치 그림 앞으로 쑥 하고 빨려 들어가는 블랙홀 같은 모습을 하고 있었다. 예술이라는 이름을 가진 우주가 뿜어내는 강력한 자기장을 체험하고 있는 것이라는 확신이 들었다.

작품이 걸려 있는 미술관은 아이에게 하나의 우주 공간이 되어 준다. 아이는 그 공간에서 그림을 친구 삼아 자연스럽게 그림 앞으로 다가간다. 그림을 보고 직관적으로 느끼는 것을 온몸으로 표현한다. 엄마로서 제일 중요하게 생각하는 부분이다. 요즘 같은 시대에 표현을 잘하는 것은 장점이자 능력이다. 작품이 주는 에너지를 온몸으로 표현해 내기도 하고, 생각지도 못했던 감각의 언어를 은하수처럼 쏟아 내기도 한다. 아이에게 신비함이 느껴진다. 그림을 보며 감각이 자라고 있는 아이의 눈이 촉촉하게 빛난다.

직감과 감각을 표현하는 아이는 봄에 태어났다. 봄을 소재로 한 명화 그림을 보며 태교를 했다. 이탈리아 피렌체의 우피치 미술관에 전시되어 있는 산드로 보티첼리의 작품, 〈프리마베라(Primavera)〉에 등장하는 세 명의 여신에게 축복받은 것인지도 모른다는 생각이 들었다. 엄마가 된 것 또한 내가 받을 수 있는 최고의 축복이라 생각했다. 그래서 엄마로서 감사한 마음을 가지고 육아라는 드넓은 여정에 마음을 쏟는다. 아이를 키우며 가장 강력한 우주의 자기장을 체험하는 중이다. 나에게 육아는 예술 그 자체다.

아름다운 선택

여름이 시작되고 있다. 이것저것 신경 쓸 일이 많아진 계절이다. 평소 화장은커녕 자외선 차단제도 바르지 않는 내가 유일하게 매일 하는 액세서리는 진주 귀걸이다. 하얗고 동그란 진주알의 표면은 부드러우면서도 광택이 흐른다. 마치 은은한 달빛 같다. 차분한 달의 에너지를 가득 품고 바다 깊은 곳에 숨 쉬고 있을 하얀 조개가 떠오른다. 부드럽고 은은하게 감싸 주는 동그란 진주 귀걸이를 하면 자신감이 보름달같이 꽉 차오른다. 진주를 보며 달을 떠올리던 소녀 시절부터 선택은 늘 진주 귀걸이다. 그 선택의 시간이 모여 나만이 가지고 있는 고유의 TPO[10] 전략이 되었다.

페르메이르 그림 속 진주 귀걸이를 한 소녀에게서도 자신만의 TPO를 찾아볼 수 있다. 자기의 모습을 매력적으로 보이게 하는 방법을 소녀는 그림 속에서 확실하게 보여 주고 있다. 그래서 나는 이 그림이 좋다. 나처럼 진주 귀걸이를 한 소녀는 훗날 아이를 낳고 나와 같은 엄마가 되었을까? 그림 속 소녀가 자신이 가지고 있는 아름다움을 잃지 않고, 존재만으로도 빛을 내는 우아한 여인으로 성장했으리라 상상해 본다.

---

10 시간, 장소, 상황에 맞게(time, place, occasion의 약자) 옷을 입을 때의 기본 원칙. 즉, 옷은 시간, 장소, 경우에 따라 착용해야 한다는 점을 강조하기 위해 나온 말이다.

N 번째 진주

_전애희

아름다운 갈색, 머리!

30대 후반부터 흰머리가 생겼다. 내 눈에 포착된 흰머리는 족집게에 잡혀 잡초처럼 뽑혀 나갔다. 코로나 팬데믹 여파로 아이들과 매일 부대끼던 40대 중반 어느 날, 무심코 머리를 넘기다 꽤 많아진 흰머리를 보며 '더 이상 뽑으면 안 되겠구나!' 느꼈다. 흰머리를 뽑지 말자! 거울 속 나를 바라보며 다짐했다. 새싹처럼 올라온 흰머리는 잔디 인형처럼 솟아올랐고, 새끼손가락만큼 자라니 차분해지기 시작했다. 그러는 사이 난 애써 족집게를 외면했다. 거울을 볼 때마다 백발로 변하는 건 아닐지 걱정이 되었다. 잠시 우울해졌지만, 염색이라는 아주 일차원적인 해결책을 떠올리곤 기분이 좋아졌다. 가벼운 발걸음으로 미용실을 찾았다. 염색할 색상을 고르기 위해 색상표를 살피다 중간보다 조금 밝은 갈색을 손가락으로 가리켰다. 보통 40대 여성이 즐겨 찾지 않는 밝기였을까? "아! 이, 이 색이요?" 헤어디자이너가 잠시 말을 더듬으며 반문했다. 흰머리를 가리기 위해 염색을 한다고 하자 헤어디자이너는 웃으며 염색약을 조합하기 시작했다. 백 분 정도의 시간이 지난 후 나는 흰머리와 어우러지는 아름다운 갈색, 머리를 마주하게 됐다.

그 후로 2~3개월에 한 번씩 뿌리 염색을 했고, 갈색 머리는 점점 더 밝아졌다. 매번 뿌리 염색으로 찾던 미용실에 새로운 도전장을 내밀었다. "오늘은 뿌리 염색하고, 머리도 자를 거예요." 딸아이가 좋아해서 길렀던 머리를 자르기로 했다. 헤어디자이너는 먼저 투명 귀마개로 내 귀를 살포시 덮었다. 귀 주변 피부와 뽀얀 진주 귀걸이를 보호해 주었기에 대접받는 기분이 들었다. 새로 자란 머리카락 부분에 염색약을 발랐다. 두피에 닿지 않을 만큼의 간격을 남기며 쓱, 쓱 바르는 손길에 '역시 전문가구나!' 생각했다. 염색이 마무리되고 뽀득뽀득 샴푸까지 한 나는 커다란 거울 앞 의자에 앉았다. 그곳에는 나를 밝게 비춰 주는 조명이 있었다. 하얀 진주 귀걸이를 한 나는 평소보다 더 환하게 빛이 났다.

특별한 순간의 스포트라이트

나만을 비추는 조명을 받은 적이 있었나? 곰곰이 생각해 보니, 내가 태어나던 순간이 떠올랐다. 사실 내 기억 속에서 찾을 수 없는 장면이다. 하지만 내가 아기를 낳던 순간에 빗대어 생각해 볼 수 있다. 그 순간이 내 생애 최초로 스포트라이트를 받았던 때라 생각된다. 나를 품에 안은 엄마,

아빠에게도 가장 빛이 나던 순간이었을 것이다. 이런 상상만으로도 마음이 뭉클해졌다. 엄마가 들려주는 어린 시절 이야기를 종합해 보면, 아기였던 나는 특별한 조명 없이도 자체 발광했었던 것 같다. 뽀얀 얼굴에 붉은 볼, 하얀 솜털을 가진 나는 지나가는 어른들의 발길도 멈추게 했다. 서로 다른 시간, 다른 장소에서 만난 이들은 신기하게도 같은 말을 건넸다고 한다. "어머, 복숭아 같네요!" 내 기억 너머에 있는 이야기지만 듣고 또 들어도 기분 좋은 말이다.

일곱 살 되던 해 '유치원'이라는 사회에 첫발을 내디뎠다. 흔들 목마를 지나 교실에 들어선 나는 환하게 빛나는 분을 만났다. 바로 백합반 나앵금 선생님! 내 기억 속 선생님은 '천사들의 합창'[11] 속 히메나 선생님 같은 분이셨다. 긴 머리에 원피스를 입으셨고, 하얀 얼굴에는 항상 미소가 있었다. 친절했던 선생님의 영향이었을까? 나는 유아교육을 전공하고 8년 동안 유치원 선생님으로, 6년 동안 유치원 원감으로 유치원에서 일했다. 국민학교[12] 1학년 여름방학 때 그림일기로 고민 중인 내 앞에 빛이 나는 사람이 나타났다. 주인집 언니였다. 그 당시 우리 가족은 주인집 주택 대문 옆에 있는 상하방[13]에서 살고 있었다. 언니는 나에게 친절한 말투로 "상황을 다 그려도

---

11 1989년에 멕시코의 텔레비사(TELEVISA S.A.)가 제작한 어린이 드라마로, 1989년 10월-1991년 7월에 미국의 중개 업체를 통하여 배급되어 KBS 2 TV를 통하여 방송되었다. 대한민국에서는 생소한 멕시코산 드라마임에도 불구하고 어린이 드라마로서는 이례적으로 대단한 인기를 누렸다.
12 초등교육기관으로 1996년 민족정기 회복 차원에서 명칭을 '초등학교'로 변경했다.
13 두 개의 방이 서로 붙어 있고 하나의 문으로 통하는 방으로, 한쪽 방은 외부와 통하는 문이, 다른 한쪽 방은 주방이나 다른 용도로 사용하는 곳으로 통하게 되어 있다.

좋지만, 주제만 크게 그리는 것도 방법이야."라고 알려 주었다. 갸우뚱하는 나에게 어떤 상황을 그리고 싶은지 물었다. 가족들과 수박을 먹는 장면을 그리고 싶다고 하자, 언니는 고민도 없이 수박 한 조각을 크게 그린 후 내게 보여 줬다. '유레카!' 그 이후 난 미술 수업 시간이 더 이상 두렵지 않았다. 언니의 말 한마디와 그림 한 장 덕분에 고정관념에서 탈출할 수 있었다. 그야말로 빛나던 순간이었다. 국민학교 4학년 때 담임선생님은 칠판 왼쪽 가장자리에 풍경 사진을 붙여 놓고 쉬는 시간마다 그림을 그리셨다. 선생님의 뒷모습에서 아우라가 느껴졌다. 어쩌면 그때부터 예술을 동경하기 시작했는지 모른다. 어린 시절 나에게는 내 존재만으로도 빛이 나던 순간과 누군가에게 빛을 받았던 순간이 공존하고 있었다. 나도 누군가의 삶에 빛을 주는 순간들이 분명히 있었을 것이다. 이런 생각에 잠시 흥분됐다.

나의 진주, 펄(pearl)

자기 자신을 지키기 위해 만들어진 진주를 바라보다 내 삶을 되돌아보았다. 수없이 많은 고민과 결정의 순간들이 떠올랐다. 10살, 스스로를 지키기 위한 나의 첫 번째 선택의 순간이 찾아왔다. 드디어 우리 집이 생겼다. 우리 가족은 옆 동네 2층 주택으로 이사를 했고, 다음 해 가까운 초등학교로 전학을 갔다. 조용히 학교생활을 했던 나에게 '전학'은 스스로 성격을 바꿀 만큼 큰 고난이었나 보다. 어린 나이임에도 불구하고 낯선 환경, 낯선 친구들과 어울리기 위해 적극적이고 밝은 성격으로 변신해야 했다.

국민학교 3학년 아이의 선택은 그 이후 긍정적이고 외향적인 모습으로 진화해 지금의 나를 만들었다. 결국 나는 스스로를 지키며, 나의 첫 번째 진주를 만들었다.

이제 차곡차곡 쌓아 둔 나만의 'N 번째 진주'를 밖으로 꺼낼 시간이다. 나에게 주어진 모든 것에 감사의 마음을 가지며, 내 안의 진주를 아낌없이 꺼내고 싶다. 나만의 진주가 세상에 나올 때마다 내 삶은 더 단단해지고 빛날 것이다.

김환기
: 우리의 우주

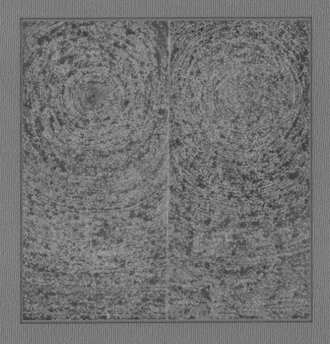

김환기(KIM Whanki 1913-1974)
<우주(Universe 5-IV-71 #200)> 254×254, 1971

다만 너의 안에서 사랑한다. 다만 너의 안에서만.
너를 사랑함으로써 나는 생을 사랑한다.

_『생의 한가운데』, 루이제 린저

소우주, 넷이산방

_김경진

김환기와 김향안의 신혼집, 수향산방

20세기 대한민국 추상화의 선봉에 김환기가 있다. 그의 작품 우주를 보고 있으면 재혼 당시 그 둘이 머물던 성북동의 수향산방이 떠오른다. 김환기와 그의 아내 김향안은 이 집에 수향산방이라는 이름을 붙이고 1944년부터 4년 동안 신혼생활을 했다. 작은 우주의 시작이다. 그들은 훗날 긴 타향살이 중에도 이 집을 그리워했다. 얼마나 풋풋한 신혼생활이었을까? 그들을 둘러싼 지붕, 구름, 창문, 나무와 화분, 달항아리들이 꾸밈이 없고 정겹기만 하다. 둘만의 공간에서 다정하게 붙어 있는 부부의 실루엣에 미소가 나온다. 수화 김환기의 수, 김향안의 향이 만나 수향산방이 되었다. 신혼 때는 어떤 이름을 지어도 유치하지 않다. 둘을 둘러싼 소박한 소품도 둘 사이를 대변하듯 풋풋하고 행복하다. 그들은 해외 생활에서 어려움을 겪으며 역사를 써갔다.

우리 신혼집, 마인빌 오피스텔

우리 부부는 붙박이 오피스텔에서 신혼생활을 시작했다. 보수적인 아버지는 오피스텔이 무슨 집이냐며 볼멘소리를 했고, 좁은 집에서 시작하는 것을 탐탁지 않아 했다. 하지만 나는 원룸에 침대와 화장대, 침대만 채워 넣는데도 설렜다. 아이를 가졌을 때 아이의 물건들을 둘 공간이 부족할 것 같아 아파트로 이사를 했다. 알콩달콩 둘만의 신혼생활에서 복닥복닥 가족생활로의 전환이었다. 결혼 전후로도 삶이 달라졌지만 육아 전후로의 삶이 그보다 더 크게 달라졌다. 로션 한번 찍어 바를 시간도, 머리를 말릴 시간도 부족했다. 신혼집이었던 '마인빌 오피스텔'이 생각나서 일부러 아이들을 그쪽으로 데리고 가기도 했다. 아이들에게 저기가 엄마, 아빠가 처음에 살던 집이라고 이야기해 주었다. 그 안이 어떤 모습인지 궁금해하지만 보여 줄 길이 없다. 나중에 아이들에게 보여 줄 추억의 사진 한 장쯤 남겨둘 생각을 미처 못 했었다. 김환기의 〈집〉이라는 작품이 수십 년이 지난 지금도 사랑받고 있는데 말이다. '처음'이라는 것에 우리는 수많은 추억과 의미를 부여한다. 잊을만할 즘 한 컷씩 꺼내어 이야기하며 행복해한다. 그렇듯 수향산방이나 우리의 첫 신혼집이나 둘의 시작을 알리는 의미 있는 공간인 것은 같다.

이제는 넷이산방

큰아이가 태어날 때쯤, 오피스텔을 거쳐 방이 2개인 아파트로 이사를 했다. 아파트 1층에는 곰팡이가 많은 줄도 모르고 덜컥 계약하고는 2년간 거기서 아이를 키웠다. 호흡기 알레르기로 고생하면서 환경이 얼마나 중요한지 그제야 알게 되었다. 둘째를 맞이하기 위해 세 번째로 이사한 아파트는 좀 더 넓고 환경이 좋은 곳이었다. 밤이면 소쩍새 우는 소리가 메아리쳐 들리고, 아침에는 목소리가 다른 새들이 합창한다. 봄이면 베란다 앞산에서 햇빛에 비친 노란 개나리에 눈이 부셔 깬다. 가을에는 단풍이 진하게 물들어 눈길을 사로잡는다. 매일 피톤치드 향이 올라오고, 아이들에게 사계절의 자연변화를 보여 줄 수 있어 참 좋다. 여기가 바로 수향산방 아니고 '넷이산방'이로다. 어느덧 가정생활은 11년 차에 접어들었다. 그간 우리의 평범한 일상 안에서도 아옹다옹 성장통을 겪어가며 여기까지 왔다. 우리가 만든 소우주는 하나의 점으로 시작해 점차 영롱한 빛을 내며 성장하고 있다.

이제 4학년인 큰아들이 주제 일기를 써서 읽어봐 달라며 가지고 왔다. 불이 난다면 가장 먼저 챙길 것이 무엇인가에 대해 글을 쓰는 숙제였다. 처음에는 가장 아끼는 피아노 콩쿠르 트로피가 생각났지만 아무래도 가족이 먼저인 것 같다는 글에 감동했다. 계속 둘만 살았다면 못 느꼈을 일이다. 수화 김환기가 신혼집을 다양한 모습으로 그려낸 것을 남기고 갔다면 나는 둘에서 넷이 된 우리 집에 아이의 일기를 남기겠다. 복닥거리며 넷이산방에서 좋은 꿈 꾸자.

큰아이의 일기를 소개한다.

2024년 6월 17일 월요일

주제 : 우리 집에 불이 난다면 꼭 챙기고 싶은 것 한 가지?

만약 우리 집에서 불이 난다면 내가 꼭 챙기고 싶은 것은 우리 가족이다.

당연하다고 생각한다. 내가 받은 피아노 콩쿠르 트로피라고 쓰려고 했는데 또 가만히 생각해 보니 물건보다 가족이 더 소중하다는 것이 내 머리에 꽂혔다. 내 가족은 그 무엇보다 나에게 소중하다. 그중에서도 우리 동생은 겨울 방학 때 혼자 있으면 심심한데 형 옆에 와서 같이 놀자고 해서 나는 감동했다. 또 우리 엄마는 엄마가 일하는 성악 앙상블 공연을 보게 해 주셔서 좋은 경험을 했고, 우리 아빠는 항상 우리를 위해 캠핑을 가자고 하시는 모습에 난 행복할 따름이었다. 불이 났을 때 꼭 챙기고 싶은 한 가지는 가족이다.

Salon de Camus

이삿날 - 어제와 내일이 만나는 날

_김현정

준비 없는 이사

"엄마, 이삿짐 안 싸요?" 이사를 열흘쯤 앞둔 무더운 여름날, 아들이 물었다. 무심한 듯 툭 던진 짧은 질문이었지만 그 말속에는 의아함이 배어 있었다. 몇 날 며칠을 궁금해하다 더 이상 참을 수 없는 지경에 다다른 눈치였다. 아들은 걱정 가득한 목소리로 한 마디를 더 뱉었다. "이제 이사가 코앞인데 이 많은 짐을 다 어떻게 하려고 그래요?" 해외 이사만 기억하는 아들은 모든 짐이 그대로 제자리에 있는 게 몹시 황당한 모양이었다.

해외 이사는 국내 이사와는 비교도 안 될 만큼 귀찮고 번거롭다. 몇 년 전, 2년간 캐나다에서 살 계획을 세우고 해외로 보낼 이삿짐을 쌌다. 예삿일이 아니었다. 출국 두어 달 전부터 짐을 분류하고 종류별로 상자에 담는 일을 수도 없이 반복했다. 먼저, 패딩이나 목도리, 장갑 같은 겨울용품과 당장 읽지 않을 책이나 없어도 되는 장난감부터 상자에 담았다. 상자에 하나씩 물건을 넣을 때마다 아이들은 쏜살같이 달려와 온갖 간섭을 했다. 밤마다 끌어안고 자는 애착 인형을 상자에 넣는 건 아닌지, 이삿짐을 싼다는 핑계로 장난감을 슬쩍 갖다버리지는 않는지 눈에 불을 켜고 감시했다. 그 다음 차례는 믹서기나 큰 냄비, 손님용 그릇, 온갖 기념품, 미술용품 등 꼭 갖고 가야 하지만 매일 사용하지는 않는 물건들이었다. 이삿짐을 옮기기로 한 날이 가까워질수록 거실에 쌓인 상자가 늘어갔다. 거대한 레고 벽돌로 성을 쌓아 올리는 기분이었다.

따뜻한 봄바람이 부는 5월 어느 날, 해외 이사 전문팀이 집으로 찾아왔다. 식탁과 책장 같은 덩치 큰 가구를 순식간에 포장하는 솜씨는 가히 놀라웠다. 이삿짐센터 직원들이 수십 개의 상자와 가구를 싣고 떠난 후에도 집에는 여전히 짐이 많았다. 당장 입어야 할 옷가지들은 옷장이 실려 나간 자리에서 어지럽게 뒹굴었다. 갈 곳 잃은 책들은 오래된 헌책방의 책더미에나 어울릴 법한 모양새로 아무렇게나 흐트러져 있었다. 얼마 안 되는 남은 살림살이로 소꿉놀이하듯 두어 달을 살고 나서 캐나다로 떠났다. 한국은 분명히 뜨거운 햇볕이 쏟아지는 한여름이었는데 비행기를 두 번 갈아탄 끝에 도착한 오타와의 바람은 시원했다. 키 큰 가로수가 줄지어 늘어선 길을 따라 한참을 달리자 미리 계약해 둔 집이 나타났다. 집은 텅 비어 있었다. 커다란 이층집을 채울 살림이라고는 아마존에서 주문한 캠핑용 식탁과 이케아에서 산 4인용 그릇 세트, 여행용 가방에 담긴 옷 몇 벌뿐이었다. 매일 같은 옷을 입고 같은 그릇에 밥을 담아 먹으며 몇 주를 보내니 이삿짐이 도착했다. 커다란 트럭에 짐을 싣고 온 백인 아저씨들은 활짝 웃으며 우리의 추억이 담긴 가구와 짐을 차례차례 옮겨주었다.

다시, 안녕

한국으로 돌아온 지 3년 만에 또다시 이삿날이 다가오자 아들은 그때의 지루하고 하염없는 기다림을 떠올렸다. 국내 이사를 할 때는 미리 짐을 쌀 필요가 없다고 설명했더니 그게 가능하냐고 되물었다. 한국식 포장 이사를 할 때는 이삿짐센터 직원들이 이삿날 아침 일찍 집으로 와 모든 짐을 한꺼번에 포장해서 옮긴다고 말해 줘도 고개를 갸우뚱했다. 당연한 반응이었다. 똑같은 이삿짐을 우리 식구 넷이 상자에 담는 데만 데 몇 주가 걸렸다. 그렇게 한국을 떠난 짐이 캐나다에 도착하기까지 또 두세 달은 걸렸다. 이삿짐이 배를 타고 태평양을 건너는 시간을 고려해도 엄청난 차이였다.

자동차로 두 시간 떨어진 도시로 옮기는 이번 이사는 달랐다. 아침 7시 30분, 이삿짐센터 직원들이 결의에 찬 얼굴로 나타났다. 다들 이마에 두툼한 밴드를 하나씩 두르고 있었다. 뭐라도 몸에 걸치면 그만큼 더울 수밖에 없는데 다들 두꺼운 밴드를 두른 모습을 보고 내심 이유가 뭔지 궁금했다. 답은 금세 분명해졌다. 밴드의 용도는 이마에서 흘러내린 소금기 가득한 땀방울이 눈에 들어가지 않도록 막는 것이었다! 에어컨은 돌아가지 않고 창문을 열어도 뜨거운 바람 한 점 들어오지 않는 무더운 여름날이었다. 이삿짐센터에서 나온 다섯 명의 직원은 비지땀을 쏟으며 푹푹 찌는 좁은 집을 잰걸음으로 오갔다. 물속에서 신나게 헤엄치다 갓 나온 사람처럼 모두 티셔츠가 잔뜩 젖어 있었다. 두 손으로 비틀면 셔츠에서 한 바가지씩 물이 흘러내릴 것 같았다.

각자 맡은 구역에서 숨 고를 새도 없이 분주하게 짐을 싼 다음, 사다리차로 부지런히 짐을 실어 내렸다. 싱크대의 그릇과 서랍장의 옷, 책장을 빼곡하게 메운 책이 차례차례 사라졌다. 마지막은 덩치 큰 가구였다. 방방이 들어찬 커다란 침대까지 모두 빠져나간 바닥 곳곳에는 회색 먼지 덩어리들이 나동그라져 있었다. 그동안 집을 충분히 아껴 주지 못했다는 미안한 마음에 화장지를 몇 장 뜯어다가 괜스레 바닥과 걸레받이만 닦아 댔다. 우리 네 식구가 그곳에서 살았던 흔적이 모두 사라지기까지 딱 3시간 30분이 걸렸다.

어제와 작별하고 내일을 맞이하는 날

이삿짐센터 직원들은 바로 전날까지 그 집에서 먹고 자며 우리가 남긴 모든 삶의 흔적을 착착 지워 나갔다. 아파트 한 채를 가득 메운 짐을 단 몇 시간 만에 새집으로 옮겨 준 5인의 히어로. 적어도 그날만큼은 이삿짐을 옮겨 준 그들이 마블 영화에 나오는 그 어떤 영웅보다 멋있어 보였다. 그들이 정성스레 포장해 상자에 담은 건 우리의 살림살이가 아니라 우리의 삶이었는지도 모른다. 울고 웃었던 10년의 세월이 고스란히 녹아든 어제의 삶을 내일의 터전이 돼 줄 새집으로 옮겨놓은 5인의 히어로. 그들의 노동은 어제와 내일을 잇는 다리가 되어, 우리의 소중한 삶을 내일의 터전으로 데려다주었다. 그들이 이어 준 어제와 내일 사이에는 오늘이 있다. 어제를 발판 삼아 더 나은 내일을 만들기 위해 씩씩하게 살아 내야 할 오늘.

〈우주〉는 20세기 한국 미술을 대표하는 화가 김환기의 대표작이다. 두 개의 독립된 그림이 만나 완벽한 정사각형을 이룬다. 세로 2.5m가 넘는 기다란 직사각형 그림 하나만 걸어둬도 사실 사람들의 시선을 사로잡기에 부족함이 없다. 하지만 두 개의 길쭉한 그림이 나란히 한 곳에 자리를 잡으면 어딘가 모르게 불안정했던 구도가 마침내 안정된다. '미술은 질서와 균형'이라는 김 화백의 철학이 느껴지는 것 같기도 하다. 우리의 삶도 마찬가지다. 우리가 지나온 무수히 많은 어제와 우리가 살아 내야 할 수많은 내일이 아름답게 어우러져야 오늘이 바로 설 수 있다. 둘이지만 하나로 이어지고, 하나지만 둘로 나뉜 그의 광활한 〈우주〉를 보며 어제와 내일 사이에서 균형을 지키며 행복하게 살아갈 오늘을 그려 본다.

온점의 부메랑

_료료

자신을 내던지는 이유

갑작스레 아랫배가 싸했다. 뻣뻣하게 굳어가는 몸을 슬쩍 내려다보았다. 난관을 넘어 선홍빛 혈이 뚝뚝 떨어져 내렸다. 떨리는 손으로 산부인과에 전화를 걸었다. 당장 병원으로 뛰쳐나가고 싶은 마음이 나를 짓눌렀다. "지금은 산모가 움직이는 게 더 위험해요. 여기서도 바로 해 줄 수 있는 건 없습니다."라는 대답만이 돌아왔다. 난관은 나팔관의 줄임말인 동시에 지나가기 어려운 곳을 의미한다. 그때의 느낌을 글로 표현한다면 나는 그저 난관이든 나팔관이든 그만 좀 멈추라는 비명만 지르고 싶었다. 당시의 나를 되돌아본다.

한편 병원에서는 큰 베개 위로 다리를 올리고, 가만히 누워서 절대안정을 취하라고 했다. 한 발짝도 움직이지 못했다. 공중에 매달린 심장이 쪼그라들어 바싹 얼린 몸으로 욱여넣어야 할 것 같았다. 내 몸을 죄어오던 새빨간 피가 순식간에 빛을 잃는 느낌이었다. 배 속의 아기에게 불안한 파동이 닿지 않도록 두 손을 꼭 붙잡아 위태롭게 기도했다. 수많은 마침표가 휘몰아쳐 오는 소용돌이 속에 걸려든다고 해도. 나를 끝맺기 위해 들이닥친 온 점이 나를 찍고 있는 것 같아 온 마음으로 고통스러웠다.

흐물흐물한 햇살에 눈을 떴다. 병원으로 곧장 갔다. 간호사는 나를 그 불편한 의자에 앉혔다. 의사는 조심스레 검사를 하고는 침대에 누워 보라고 했다. 서늘한 초음파 젤리를 바르고 복부검사를 시작했다. "절박유산[14]입니다." 딸의 심장 소리가 들렸다. '살았다.' 몇 번을 되새기며 눈을 질끈 감았다. 후드득 터져 흘러내리는 눈물을 닦아 내었다. 밤새워 지키고 있던 간절함이 부메랑처럼 돌아온 나를 견고하게 만들었다. 의사는 이렇게 말했다. "앞으로 한 달 정도 부정 출혈 증상이 나타날 겁니다. 걱정하지 마세요. 고인 피가 나오는 것뿐입니다." 정말로 일주일 동안 새빨간 피를 보았다. 약속을 지키듯 갈색 피와 붉은 피는 번갈아 가며 꼬박 한 달을 채웠다.

그녀에게 점수 따는 법

올해로 만 15세인 그 딸은 집도 싫고, 학교도 싫다고 한다. 아침, 저녁

---

14 유산이 확정된 것은 아니지만 자연유산 가능성이 커서 주의가 필요한 상태. 임신 초기(20주 이내)에 나타나는 질 분비물, 출혈, 피고임 등의 증상을 절박유산이라고 부른다. 전체 산모의 약 20~25%가 절박유산을 경험하며 출혈에 통증이 수반되기도 한다.

시간 상관없이 의식의 흐름에 따라 쳐들어오는 딸의 아찔한 공격이다. 미리 준비한 대사를 꺼내려고 하는데 그 말도 알고 있다는 듯이 고개를 절레절레 흔든다. "엄마, 그거 아니야.", "지금 더워서 더 기분이 좋지 않은 걸 거야. 네가 좋아하는 소르베(프랑스식 셔벗)를 먹으러 갈까?", "엄마, 그런 거 아니라니까!", "아니야. 네 얼굴에 다 티가 나!"

버티고 서있는 그녀를 밀어내며 카페 앞까지 데리고 갔다. 전면 유리에 붙어 있는 광고 메뉴를 보여 줬다. 장난스럽게 흘겨보는 척 눈을 찡긋하며 바라봤다. "이래도 안 먹을 거야?" 그녀의 입꼬리가 씩 올라갔다. 최소 열 번 정도는 말해야 말을 들을까 말까 했다. 아무래도 남편을 닮은 것이 확실했다. 이 시대의 아이들은 시간이 지날수록 새로운 도전에 실패할까 봐 두려워 머뭇거리고 외면하려 한다. 자신이 선택한 계획이 아니라 사회의 분위기에 휩쓸려 가는 자신을 괴로워하기도 한다.

그녀는 중학교 2학년 1학기 중간고사를 마치고 집으로 오는 길에 나에게 전화를 걸었다. "엄마! 너무 좋은 소식이 있어!" 전날 시험점수가 제대로 안 나올까 봐 걱정하던 딸과 겹치며 갑자기 기대가 커졌다. "놀라지 마! 나 수학 51점이야!" 놀라지 않을 수가 없긴 했다. 의심스러운 목소리로 "네가 지금 정말 기분이 좋은 거야?"라고 되물었다. "응! 나는 50점도 안 넘을 줄 알았는데, 51점이잖아!", "와우! 그렇다면 좋은 소식이 맞네! 축하해!" 전화로 그녀의 웃음소리가 들려왔었다.

"그 점수라면 학원에 다니는 것이 좋겠어.", "기말고사는 더 잘 볼 거야.", "기말고사는 더 어려워. 네가 더 낮은 점수를 받을 수도 있어." 반 친구들이 딸의 점수가 걱정된다며 이런 대화를 나눴다고 했다. 그녀의 기말고사는 63점이 나왔다. 그녀는 "엄마 수학 점수가 올랐어!"라며 또 기뻐했다. "정말 기쁜 거 맞아?"라고 또 물었다. "응. 점수가 안 떨어지고 올라갔잖아!? 이번에는 진짜 내가 다 풀었어!"라며 멋지게 손가락으로 브이를 그렸다. 역시 인생의 점수는 스펙터클 한 거라며, "이게 나야!"라고 개운하게 외쳤다.

무용수의 파랑

무용수는

매 순간 관절로

간절하게 속살을 드러낸다.

팔다리로 묶여

발끝은 중심을 잡지 못해도

홀로 연기를 하게 된다.

작은 점 하나

아무것도 없는 점 중에 하나

매끈하며 윤기가 있는 점 중의 하나

무리는 무리가 되어

파동을 삼키며 소외당하지 않는다.

까마득함에 앉은 눈은 파랑의 우주를 닮는다.

– 우주(김환기)를 바라본 료료 글

    온 세포들이 사계절을 돌고 돌아 김환기의 〈우주〉를 만났다. 그들은 자유로운 날개를 뻗어가며 반짝이는 어느 별보다 멀리 빛났다. 환한 여름 나에게로 와준 두 딸의 세포였다. 두 세포에게 '날개의 아이', '미래의 아이'라고 별명을 지어 주었다. 투명한 속도로 세월의 현실과 이상에 부닥치며 헤엄쳐간다. 쉼표와 마침표처럼, 미래의 날개처럼 자유롭게 날아가길 바랄 뿐이다. 나는 두 딸의 엄마다. 세포의 반점에서 온점을 더하듯 나의 우주에서 그들의 우주를 더 한다. 그렇게 온 세상의 엄마가 되어 간다.

Salon de Camus

나의 가족, 온 우주의 승리

_장영지

높은 온도와 밀도

서른다섯, '나'를 만들어 가는 세상에 푹 빠져 있었다. 원하는 일을 하는 시간과 노력을 통해 성취한 모든 결과가 만족스러웠다. 결혼해서 가족을 만들겠다는 생각은 없었다. 오롯이 내 존재의 이유를 완성해 나가는 과정 그 자체가 즐겁고 행복했다. 삶에 만족했다. 열심히 일하며 시간을 가꾸어 나갔다. 그 시절에 마침표를 찍어 준 건 남편이었다.

당시, 나는 자기 계발에 푹 빠져 있었다. 워크숍과 주말 수업 때문에 1년치 일정이 꽉 차 있었다. 열심히 일에 몰두하는 모습을 좋게 본 지인이 직장 후배를 소개해 주었다. 감사한 마음이었지만 거절했다. 시간이 없었기 때문이다. 하루를 소개팅하며 보내기에 시간이 너무 소중했다. 그만큼 하는 일에 애정이 더 컸다. 그렇게 몇 개월, 아니 반년쯤 시간이 흐른 후에 또다시 만남을 제안받았다.

두 번 거절하기가 미안했지만 정말 시간이 없었다. 그래서 지인에게 말씀드렸다. 점심시간 외에는 만날 수 있는 시간이 없다고. 이어지기 힘든 인연일 것이라 예상했다. 거절하려고 바쁜 척한 것이 아니었다. 단지 삶에서 좋아하는 일에 대한 밀도가 높았다. 그 밀도 높은 시간 속에 다른 사람과의 시간이 어우러지는 것, 이것이 어떤 의미인지 그때는 잘 알지 못했다. 남편을 만나기 전까지.

1년 중에서 유일하게 일정이 비어 있던 금요일 오후 1시. 소개를 받은 그는 그 시간을 맞추기 위해 회사에 휴가를 낸다고 했다. 그리고 드디어 약속한 날이 다가왔다. 회사의 상사였던 분이 소개를 해 주셨기에 응원을 잔뜩 받고 나온 그의 얼굴을 처음 보자마자, 후회했다. 그동안 바빴던 일정을 미리 조정하지 않은 것을 말이다. 이렇게 멋진 사람과 하루라도 더 빨리 만났어야 했다. 일에 대한 밀도가 흔들리는 순간이었다. 모든 것을 송두리째 밀어낼 만한 파도 같은 남자와의 연애가 시작되었다.

존중받는 세상, 가족

우리는 각자의 마음속에 다른 모양, 다른 색, 다른 향기를 품고 살아왔지만, 만난 지 일 년 만에 결혼이 일사천리로 진행됐다. 남자다운 남편은 내가 한 번도 보지 못한 새로운 세상을 품고 있는 사람이었다. 결혼을 통해 하나로 합쳐지는 과정에서 오히려 상대의 세상을 존중하고 인정해 주었을 때 더 편안해지는 것을 느꼈다. 존중받은 세상에서 남편은 또 하나의 멋진 우주를 만들어 나가고 있고, 나 역시 나만의 우주를 가꾸고 키워 나가고 있다.

남편을 만나 해운대 바다를 처음 가 보았다. 남편의 고향이자 시댁이 있는 곳이다. 우리는 해운대에 가게 되면 늘 호텔을 예약했다. 남편과 바다를 바라보며 시간을 보내고 가는 것이 서로에게 쉼을 줄 수 있어서 좋았다. 아기가 태어나고 시댁으로 갈 때도 가족들의 배려로 인해 우리는 바다 앞에 호텔을 예약하고 아이와의 시간을 더 의미 깊게 보내고 왔다. 아이가 어려서 화려하고 고급스러운 호텔은 오히려 부담스럽다. 온전히 쉴 수 있도록 아이들과 반려견도 마음 편하게 투숙할 수 있는 호텔을 선정했다. 해마다 이곳을 찾는 첫 번째 이유는 가족과의 시간을 편하게 보낼 수 있기 때문이기도 했다. 이 호텔이 좋은 두 번째 이유는 바로 호텔 자체가 하나의 갤러리라는 것이다. 복도와 객실 벽에 작품들이 설치되어 있다. 이번 여행에서는 21층을 배정받았다. 호텔 홈페이지를 찾아보니 9층에 김환기 화백의 작품이 걸려 있다고 했다. 우리가 알고 있는 김환기 화백의 고가 작품이 아니더라도 호텔에서 이러한 작품들을 볼 수 있다는 사실에 감사하고 행복했다.

호텔에서 만난 김환기 화백의 작품에는 너무나 귀여운 도상이 그려져 있었다. 코끼리 세 마리가 코를 앞으로 쭉 내밀고 훨훨 날아가는 모습처럼 보였다. 아이는 그림을 보며 즐거워했다. 남편을 처음 만났을 때처럼 나에게 강력한 밀도로 다가온 작품이 있다. 내 휴대전화의 배경 화면이던 〈universe 05-IV-71#200〉. 김환기 화백의 작품, 우주이다. 환기블루[15] 색채를 좋아하는 나는 바다 같은 마음이 되어 파랑을 두 눈에 담는다. '온 우주의 승리'라는 뜻의 태명을 가진 나의 작은 우주는 파란 바다를 내려다보며 호텔 침대 위에서 힘차게 뛰고 있다. 김환기 화백의 그림이 걸려 있는 호텔에서 즐겁게 뛰어노는 작은 우주의 등 뒤로 또 하나의 세상을 바라보았다. 바로 그림이라는 세상이다.

어디서 무엇이 되어 다시 만나랴

과거의 우리를 돌이켜보았다. 각자의 세상을 살아왔지만 어디서 무엇을 하든 간에, 결국 우리는 운명처럼 만났다. 그리고 남편이라는 우주를 만나 작은 우주를 낳았다. 지금은 같은 마음으로 하나의 우주를 키워 나가고 있다. 아이는 태어나서 점점 아빠의 남자답고 바다같이 넓은 가슴을 닮아갔다. 그리고 그림 속 색채를 좋아하는 엄마의 눈망울을 지니고 있다. 나의 우주를 이루게 해 준 그 모든 것들에 감사하는 마음을 가지고 살아야겠다. 나는 온 우주의 승리를 품은 엄마니까.

---

15 김환기 하면 떠오르는 작품 특유의 파랑.

5관 — 엄마로 살아가는 날